MAESTROS

DE LO

MACABRO

MAESTROS

DE LO

MACABRO

Grupo Editorial Tomo, S.A. de C.V.
Nicolás San Juan 1043
03100, México D.F.

1a. edición, septiembre 2003.

© *1999 Masters of the Macabre*
Primero publicado en Gran Bretaña por
Michael O'Mara Books Limited
9 Lion Yard, Tremadoc Road
London SW4 7NQ

© 2003, Grupo Editorial Tomo, S.A. de C.V.
Nicolás San Juan 1043, Col. Del Valle
03100 México, D.F.
Tels. 5575-6615, 5575-8701 y 5575-0186
Fax. 5575-6695
http://www.grupotomo.com.mx
ISBN: 970-666-800-4
Miembro de la Cámara Nacional
de la Industria Editorial No. 2961

Traducción: Luigi Freda E.
Diseño de Portada: Trilce Romero
Supervisor de producción: Leonardo Figueroa

Ninguna parte de esta publicación podrá ser reproducida
o transmitida en cualquier forma, o por cualquier medio
electrónico o mecánico, incluyendo fotocopiado, cassette, etc.,
sin autorización por escrito del editor titular del Copyright.
Este libro se publicó conforme al contrato establecido entre
Michael O'Mara Books Limited y *Grupo Editorial Tomo, S.A. de C.V.*

Impreso en México - *Printed in Mexico*

CONTENIDO

LA AVENTURA DEL ESTUDIANTE ALEMÁN

Washington Irving

En una noche de tormenta en los tempestuosos tiempos de la revolución francesa, un joven alemán volvía a sus aposentos a altas horas de la noche, cruzando la parte antigua de París. Los rayos resplandecían y el fuerte estampido de los truenos resonaba en las elegantes calles estrechas... pero ahora debo contar algo sobre este joven alemán.

Gottfried Wolfgang era un joven de buena familia. Había estudiado un tiempo en Göttingen, pero al ser de carácter visionario y entusiasta, había vagado por esas doctrinas extrañas y especulativas que han desorientado con tanta frecuencia a los estudiantes alemanes. Su vida aislada, su intensa aplicación y la naturaleza estrafalaria de sus estudios, tuvieron un efecto en su mente y su cuerpo. Su salud se deterioró, su imaginación se enfermó. Se había estado permitiendo especulaciones fantásticas sobre las esencias espirituales, hasta que, a semejanza de Sedenborg, llegó a tener un mundo ideal propio a su alrededor. Adoptó la noción, no sé por qué causa, de que había una influencia maligna pendiendo sobre él: un genio o espíritu maligno que buscaba seducirlo y asegurar su perdición. Tal influencia, al actuar en su temperamento melancólico, produjo los efectos más sombríos; estaba demacrado y desanimado. Sus amigos descubrieron el mal mental que lo aquejaba y decidieron que la mejor cura era un cambio de escenario; en consecuencia, lo enviaron a terminar sus estudios entre los esplendores y la alegría de París.

Wolfgang llegó a París al inicio de la revolución. Al principio, el delirio popular se apoderó de su entusiasta mente y quedó cautivado por las teorías políticas y filosóficas del momento, pero las escenas de sangre que les siguieron hirieron su sensible naturaleza, causaron que se disgustara con la sociedad y el mundo, y lo convirtieron más que nunca en un solitario. Se encerró en un apartamento solitario en Pays Latin, el sector de los estudiantes. Ahí, en una calle sombría, no lejos de los muros monásticos de La Sorbona, continuó con sus especulaciones favoritas. A veces, pasaba horas seguidas en las grandes bibliotecas de París, en las catacumbas de los autores muertos, buscando entre sus hordas de obras oscuras y llenas de polvo el alimento para su apetito enfermizo. En cierta forma, era un demonio literario, alimentándose en el cementerio de la literatura podrida.

Wolfgang, aunque solitario y ermitaño, tenía un temperamento ardiente que durante un tiempo actuó sólo en su imaginación. Era demasiado tímido e ignorante respecto al mundo para hacer alguna proposición a las mujeres, pero era un admirador apasionado de la belleza femenina, y en su cámara solitaria a menudo se perdía en ensueños de formas y caras que había visto, y su imaginación producía imágenes de encanto que sobrepasaban la realidad.

Mientras su mente estaba en este estado emocionado y sublimado, un sueño produjo un efecto extraordinario en él. Era una cara femenina con una belleza trascendental. Tan fuerte fue la impresión recibida, que volvió a soñarlo una y otra vez. Frecuentaba sus pensamientos de día, sus sueños de noche; en resumen, se enamoró apasionadamente de esta sombra de un sueño. Duró tanto tiempo que se convirtió en una de esas ideas fijas que obsesionan a los hombres melancólicos y que a veces se confunden con la demencia.

Así era Gottfried Wolfgang, y ésa era su situación en el periodo que mencioné. Volvía a casa ya tarde una noche tormentosa, por algunas de las calles antiguas y tenebrosas de Marais, la parte antigua de París. El fuerte estampido de los truenos resonaba en las elegantes calles estrechas. Venía a la Plaza de Grêve, la plaza en que se llevan a cabo las ejecuciones. El rayo vibraba encima del antiguo Hôtel de Ville y derramaba destellos parpadeantes sobre el espacio abierto de enfrente. Mientras Wolfgang cruzaba la plaza, se movió hacia atrás con horror al encontrar que estaba cerca de la guillotina. Era el punto álgido del reino del terror, cuando este desagradable instrumento de muerte estaba siempre listo, y su cadalso todo el tiempo estaba cubierto de la sangre de virtuosos y valientes. Ese mismo día había tenido mucha actividad en el trabajo de matanza, y allí estaba, en sombrío orden, en medio del silencio y de la ciudad dormida, esperando nuevas víctimas.

Wolfgang sintió náuseas, y se estaba dando la vuelta, estremecido, para alejarse del horrible artefacto, cuando miró una forma indistinta, acurrucada como si estuviera al inicio de los escalones que conducían al cadalso. Una sucesión de destellos intensos de los rayos la revelaron con mayor claridad. Era una figura femenina, vestida de negro. Estaba sentada en uno de los escalones bajos del cadalso, inclinada hacia delante, con la cara oculta en su regazo, y sus largas trenzas despeinadas colgaban hasta el suelo, remojadas por la lluvia que caía en torrentes. Wolfgang hizo una pausa. Había algo espantoso en este monumento solitario a la pena. La mujer tenía la apariencia de encontrarse por encima del orden normal. Él sabía que la época estaba llena de vicisitudes y que muchas mujeres que habían usado almohadas de plumón ahora vagaban sin hogar. Tal vez era alguna pobre doliente a la que la terrible cuchilla había dejado desolada, y que estaba sentada con el corazón roto en el límite de la existencia, de donde habían mandado a la eternidad todo lo que era querido para ella.

Acercándose, se dirigió a ella con acento de compasión. Ella levantó la cabeza y lo miró desolada. Cual sería su sorpresa al observar, gracias al brillo intenso de un rayo, la misma cara que lo había obsesionado en sus sueños. Estaba pálida y desconsolada, pero arrebatadoramente hermosa.

Temblando por emociones violentas y conflictivas, Wolfgang de nuevo la abordó. Dijo algo sobre que estaba expuesta al clima a tan elevada hora de la noche, a la fuerza de una gran tormenta y le ofreció llevarla con sus amigos. Ella señaló la guillotina con un gesto que tenía un terrible significado.

"¡No tengo amigos en la Tierra!", dijo.

"Pero tiene hogar", contestó Wolfgang.

"Sí... ¡en el panteón!"

El corazón del estudiante se enterneció con esas palabras.

"Si un extraño se atreviera a hacer una proposición", dijo él, "sin temor a que se le malinterpretara, le propondría mi humilde hogar como refugio y a mí mismo como un amigo leal. No tengo amigos en París y soy un extraño en este país; pero si mi vida puede ser de ayuda, está a su disposición y la sacrificaría antes de permitir que sufra un daño o indignidad."

Se podía ver una seriedad honrada en el comportamiento del joven que tuvo efecto. Además, su acento extranjero estaba a su favor, mostraba que no era un habitante común de París. De hecho, en el verdadero entusiasmo existe una elocuencia de la que no se puede dudar. La extraña sin hogar se confió implícitamente a la protección del estudiante.

Él la ayudó a dar vacilantes pasos cruzando el Pont Neuf, y el lugar en que el pueblo había derribado la estatua de Enrique IV. La tormenta había disminuido y el trueno retumbaba en la distancia. Todo París estaba silencioso, el gran volcán de pasión humana dormía por un tiempo, reunía nuevas fuerzas para la erupción del día siguiente. El estudiante condujo a su protegida por las antiguas calles de Pays Latin, y por los oscuros muros de La Sorbona, al deslucido hotel que habitaba. La vieja portera que les permitió entrar miró fijamente y con sorpresa el espectáculo poco común del melancólico Wolfgang con una compañía femenina.

Al entrar a su apartamento, por primera vez, el estudiante se sonrojó por la pobreza e indiferencia de su morada. Sólo tenía una habitación, un salón pasado de moda, con muchos grabados y fantásticamente amueblada con los restos de una antigua magnificencia, ya que era uno de esos hoteles en el distrito del palacio de Luxemburgo que en un tiempo había pertenecido a la nobleza. Estaba lleno de libros y papeles, y de todo el conjunto de objetos propios de un estudiante; su cama estaba en un espacio oculto en uno de los extremos.

Cuando les llevaron luces y Wolfgang tuvo una mejor oportunidad para contemplar a la extraña, quedó más intoxicado que nunca con su belleza. La cara era pálida, pero de una hermosura sorprendente, y la palidez estaba compensada por la abundancia de cabellos negros como ala de cuervo que colgaban en un racimo a su alrededor. Sus ojos eran grandes y brillantes, con una expresión singular que casi era de locura. En lo que el vestido negro permitía ver de su figura, era de una simetría perfecta. Toda su apariencia era muy llamativa, aunque estaba vestida en un estilo muy simple. Lo único que parecía un adorno era una banda negra ancha que tenía alrededor del cuello, sujeta con diamantes.

El estudiante empezó a sentirse perplejo sobre lo que debía hacer con este ser desvalido que de esta forma había llegado a estar bajo su protección. Pensó en dejarle la habitación y buscar abrigo en alguna otra parte. Aún así, estaba fascinado con los encantos de ella, parecía haber un hechizo tan poderoso en sus pensamientos y sentidos que no podía alejarse de su presencia. Además, su comportamiento también era curioso e inexplicable. Ya no volvió a hablar de la guillotina; su pena había disminuido. Las atenciones del estudiante habían ganado primero su confianza y luego, aparentemente su corazón. Era evidente que era una persona entusiasta como él, y los entusiastas se entienden pronto entre sí.

En la infatuación del momento, Wolfgang confesó estar apasionado por ella. Le contó la historia de su misterioso sueño y cómo ella se había posesionado de su corazón, incluso antes de que la hubiera visto. Ella se sintió extrañamente afectada por sus palabras y reconoció haber sentido un impulso hacia él igual de inexplicable. Era un periodo para teorías extravagantes y acciones alocadas. Se hacían a un lado viejos prejuicios y supersticiones; todo estaba bajo el dominio de la "Diosa de la Razón". Entre otras tonterías de la antigüedad, las formas y ceremonias del matrimonio empezaban a considerarse compromisos superfluos entre las mentes honorables. Los convenios sociales estaban de moda. Wolfgang era demasiado teórico como para no corromperse con las doctrinas liberales de la época.

"¿Por qué debemos separarnos?", le dijo, "nuestros corazones están unidos, y desde el punto de vista de la razón y el honor somos uno. ¿Qué necesidad existe de formas sórdidas para unir dos almas elevadas?"

La extraña escuchó con emoción: era evidente que había recibido sus ideas de la misma fuente.

"No tienes casa ni familia", continuó él, "permíteme ser todo para ti, o más bien que seamos todo uno para el otro. Si se necesita la forma, se cumplirá con ella... Aquí está mi mano. Me comprometo contigo para siempre."

"¿Para siempre?", preguntó la extraña con solemnidad.

"¡Para siempre!", repitió Wolfgang.

La extraña sujetó la mano extendida hacia ella. "Entonces soy tuya", murmuró y se reclinó en el pecho de él.

La siguiente mañana el estudiante dejó dormida a su novia y salió a temprana hora a buscar habitaciones más espaciosas que fueran apropiadas para el cambio en su condición civil. Cuando volvió, encontró a la extraña con la cabeza colgando en el borde de la cama y con un brazo sobre el pecho. Le habló pero no recibió contestación. Se acercó a despertarla para que dejara esa postura tan incómoda. Al tomar su mano, estaba fría, no tenía pulso, su cara estaba pálida y lívida. En otras palabras, era un cadáver.

Horrorizado y frenético, alertó a los moradores del lugar, lo que produjo una escena de confusión. Cuando llegó un policía a la habitación, se sobresaltó al ver el cadáver.

"¡Dios mío!", exclamó, "¿cómo llegó esta mujer aquí?"

"¿Sabe algo sobre ella?", preguntó Wolfgang ansiosamente.

"¿Que si sé?", exclamó el policía: "Ayer fue decapitada en la guillotina."

Se acercó, soltó el collar negro que rodeaba el cuello del cadáver, ¡y la cabeza rodó por el piso!

El estudiante se puso frenético. "¡El demonio!, ¡el demonio se ha posesionado de mí!", gritó, "estoy perdido para siempre".

Trataron de calmarlo, pero fue en vano. Estaba poseído por la espantosa creencia de que un espíritu maligno había reanimado el cadáver para atraparlo. Quedó perturbado y murió en un manicomio.

En este punto, el caballero inquieto terminó su narración.

"¿Y es en realidad un hecho?", preguntó el caballero inquisitivo.

"Un hecho que no debe dudarse", contestó el otro, "me lo contó la fuente más autorizada. El estudiante mismo me lo narró. Lo vi en un manicomio de París."

LA TELARAÑA

Saki

Tal vez la cocina de la granja estaba donde estaba por accidente o por una elección al azar; sin embargo, su posición pudo estar planeada por un experto en arquitectura de granjas. El corral de las vacas y el de las aves, el jardín de hierbas y todos los lugares atareados de la granja parecían tener fácil acceso hacia este amplio refugio con piso enlozado, donde había espacio para todo y donde las botas lodosas dejaban rastros que eran fáciles de limpiar. Y sin embargo, a pesar de todo lo que representaba en el centro de la actividad humana, su larga ventana enrejada y con amplio banco interior, construida más allá de la enorme chimenea, daba hacia un extenso panorama de colinas, matorrales y un estrecho valle con bosque. El rincón de la ventana casi era una habitación en sí mismo, con mucho la habitación más agradable en la granja en lo que se refiere a posición y capacidad. La joven señora Ladbruk, cuyo marido acababa de entrar en posesión de la granja gracias a una herencia, dirigió sus ojos codiciosos a este tranquilo rincón y sentía comezón en los dedos por el deseo de volverlo brillante y agradable con cortinas de calicó, floreros y un anaquel o dos de porcelana antigua. La mohosa sala de recibir, que daba a un jardín formal y triste aprisionado dentro de altas paredes vacías, no era una habitación que permitiera con facilidad la comodidad ni la decoración.

"Cuando estemos mejor instalados, voy a hacer maravillas para que la cocina sea habitable", le decía la joven a sus visitantes ocasionales. En esas palabras existía un deseo no expresado, que además de no haberse expresado era un deseo sin confesar. Emma Ladbruk era la señora de la granja; junto con su marido podría opinar, y en cierta medida decidir en las órdenes de las actividades. Pero no era la señora de la cocina.

En uno de los anaqueles de un antiguo aparador, junto con salseras despostilladas, jarros de peltre, ralladores de queso y cuentas pagadas, estaba una Biblia desgastada y rota, que en la primera página tenía un registro, en tinta descolorida, de un bautismo fechado hacía noventa y cuatro años. "Martha Crale" era el nombre escrito en la página amarilla. La señora amarillenta y arrugada que cojeaba y murmuraba en la cocina, y que parecía una hoja muerta del otoño que los vientos de invierno habían empujado de un lado a otro, en un tiempo había sido Martha Crale y por setenta y tantos años había sido Martha Mountjoy. Por más tiempo del que cualquiera pudiera recordar, había corrido con pies ligeros de ida y vuelta entre el horno, la casa de lavado y las vacas, el lugar de las gallinas y el jardín, refunfuñando, murmurando y gruñendo, pero trabajando sin parar. Emma Ladbruk, a cuya llegada había prestado tan poca atención como a una abeja que vagara en la ventana en un día de verano, al principio la solía vigilar con algo que parecía curiosidad asustada. La mujer era tan vieja y formaba tanto parte del lugar, que era difícil pensar en ella como un ser vivo. El viejo Shep, el perro pastor de hocico blanco y patas entumidas, que esperaba su momento de morir, parecía casi más humano que la mujer marchita y reseca. El perro había sido un cachorro alborotador y alegre, loco por la alegría de vivir, cuando ella ya era una mujer tambaleante y coja; ahora él era sólo un cadáver ciego y que respiraba, nada más, y ella aún trabajaba con su frágil energía, aún barría, cocinaba y lavaba, traía y llevaba lo que fuera. Emma solía pensar para sí que si hubiera algo en esos inteligentes perros viejos que no desapareciera por completo al morir, cuántas generaciones de perros fantasmas que ella había criado, alimentado, atendido y a los que había dicho su último adiós en esa vieja cocina habría en las colinas, y qué recuerdos debía tener de las generaciones humanas que habían perecido en su vida. Era difícil para cualquiera, no digamos para una extraña como Emma, lograr que hablara de los días que habían pasado; su conversación chillona y temblorosa era de puertas que se habían dejado sin cerrar, cubetas que habían quedado fuera de su lugar, de terneros cuya comida estaba retrasada y de los diversos errores y equivocaciones que rompen la uniformidad de la rutina de una granja. Una y otra vez, cuando llegaban las elecciones, desenterraba sus recuerdos de nombres antiguos por los que se había luchado en días ya pasados. Había un Palmerston, que había sido un nombre del rumbo de Tiverton; Tiverton no era un lugar tan lejano a vuelo de pájaro, pero para Martha casi era un país extranjero. Posteriormente estuvieron los Morthcote y Acland, y muchos nombres más nuevos que había olvidado; los nombres cambiaban pero siempre había conservadores y liberales, Amarillos y Azules. Siempre peleaban y gritaban sobre quién tenía razón y quién estaba equivocado. De quien más discutían era un distinguido caballero viejo con cara iracunda... ella había visto su retrato en las paredes. También lo había visto en el suelo, con una manzana podrida aplastada sobre él, ya que la granja había cambiado de política de tiempo en tiempo. Martha nunca había estado de uno o de otro lado; ninguno de "ellos" había hecho algún bien.

Ese era su veredicto aplastante, proporcionado con toda la desconfianza del campesino hacia el mundo exterior.

Cuando la curiosidad con algo de miedo desapareció en parte, Emma Ladbruk quedó incómodamente consciente de otro sentimiento hacia la anciana. Era una curiosa tradición antigua que flotaba por el lugar, era parte integral de la granja misma, era algo a la vez patético y pintoresco... pero se interponía horriblemente en su camino. Emma había venido a la granja llena de planes para pequeñas reformas y mejoras, en parte como resultado del entrenamiento en las formas y métodos más nuevos, en parte como resultado de sus propias ideas y aficiones. Las reformas en la región de la cocina, si se hubiera podido inducir a esos oídos sordos siquiera a escucharlas, hubieran encontrado una atención muy breve y un rechazo desdeñoso, y la región de la cocina se extendía por la zona de los asuntos de la leche y el mercado y la mitad del trabajo de la casa. Emma, con la ciencia más moderna de preparación de la carne de aves de corral a su alcance, se sentaba como espectador inadvertido, mientras la vieja Martha troceaba los pollos para el puesto de mercado como los había troceado por casi ochenta años... todo en muslos y nada de pechuga. Y los cientos de sugerencias en lo tocante a la limpieza efectiva, el aligeramiento del trabajo y todo lo que representa salubridad y que la joven estaba lista para impartir o poner en acción se perdió en la nada ante esa presencia lívida, murmuradora y que no prestaba atención. Por encima de todo, el codiciado rincón de la ventana, que iba a ser un oasis exquisito y alegre en la lúgubre y vieja cocina, en la actualidad estaba lleno de cachivaches que Emma, gracias a toda su autoridad nominal, no se había atrevido o preocupado en remover; sobre ellos parecía estar tejida la protección de algo que era como una telaraña humana. Decididamente, Martha se interponía en su camino. Hubiera sido una bajeza indigna desear que se acortara el lapso de esa valiente y antigua vida en unos cuantos despreciables meses, pero a medida que los días pasaban como un suspiro para Emma, era consciente de que ese deseo estaba ahí, aún si lo negaba, escondido en un rincón de su mente.

Sentía que la vileza del deseo se apoderaba de ella con un remordimiento de autoreproche un día en que entró a la cocina y descubrió una situación desacostumbrada en lo que normalmente era un lugar atareado. La vieja Martha no estaba trabajando. Una canasta de cereal estaba en el piso, a su lado y afuera en el jardín las aves de corral estaban empezando a protestar porque se había pasado el tiempo de comer. Pero Martha estaba sentada, acurrucada en el asiento de la ventana, mirando hacia fuera con sus ojos opacos y viejos como si estuviera viendo algo más extraño que el paisaje otoñal.

"¿Sucede algo, Martha?", preguntó la joven.

"La muerte, la muerte que viene", contestó la voz temblorosa, "sabía que venía. Lo sabía. No es por nada que el viejo Shep ha estado aullando toda la mañana. Anoche escuché al búho lanzar su chillido de muerte y algo blanco corrió ayer cruzando el jardín; no era un gato ni un armiño, era algo. Las aves sabían que había algo, todas se juntaron en un lado. ¡Ay!, eran advertencias. Sabía que algo sucedería."

Los ojos de la joven se nublaron por la compasión. La anciana sentada ahí, tan blanca y encogida, había sido una niña alegre y ruidosa que jugaba en sendas, pajares y buhardillas de granja; eso había sucedido ochenta años atrás y ahora sólo era un frágil cuerpo anciano escondiéndose al aproximarse el frío de la muerte que al fin venía a llevársela. No era probable que se pudiera hacer mucho por ella, pero Emma se apresuró a ir a buscar ayuda y consejo. Sabía que su marido estaba a alguna distancia tirando árboles, pero podría encontrar alguna otra persona inteligente que conociera mejor a la mujer que ella. Pronto descubrió que la granja tenía esa facultad común a las granjas de engullir y perder a su población. Las aves de corral la siguieron en su manera interesada, y los cerdos gruñeron sus interrogaciones detrás de las bardas de sus lugares, pero el corral, el cobertizo de la paja, el huerto y los establos de caballos y vacas no recompensaron su búsqueda. Luego, mientras volvía a la cocina, encontró de repente a su cuñado, el joven señor Jim, como todos lo llamaban, quien dividía su tiempo en la venta de caballos como aficionado, la cacería de conejos y coquetear con las sirvientas de la granja.

"Me temo que la vieja Martha se está muriendo", dijo Emma. Jim no era el tipo de persona al que se dan las noticias con suavidad.

"Tonterías", contestó, "Martha va a vivir cien años. Me lo dijo y lo va a hacer."

"Es posible que esté muriendo en este momento o que sólo esté empezando el colapso", persistió Emma, con una sensación de desprecio por la lentitud y estupidez del joven.

Una sonrisa burlona se extendió por sus rasgos amables.

"No lo parece", dijo, señalando con la cabeza hacia el jardín. Emma se volvió para comprender el significado de sus palabras. La vieja Martha estaba parada en medio del grupo de las aves de corral esparciendo puñados de semillas a su alrededor. El pavo, con el brillo de bronce en sus plumas y el rojo púrpura de sus verrugas, el gallo de pelea con el lustre metálico cambiante de su plumaje del Este, las gallinas, con sus colores ocre claro y oscuro, y su cresta escarlata, los patos con la cabeza verde botella, presentaban una mezcolanza de colores vivos, y en el centro estaba la anciana que parecía un tallo marchito erguido en medio del crecimiento bullicioso de flores de tonos alegres. Lanzaba las semillas con destreza en medio de la multitud de picos y su voz temblorosa llegaba hasta las dos personas que la estaban observando. Aún estaba insistiendo en el tema de que la muerte venía a la granja.

"Sabía que venía. Ha habido signos y señales."

"¿Quién está muerto, madre?", gritó el joven.

"El joven señor Ladbruk", le gritó, "acaban de traer su cuerpo. Corrió alejándose de un árbol que caía y se estrelló con un poste de hierro. Estaba muerto cuando lo recogieron. ¡Ay!, sabía que iba a suceder."

Y se dio la vuelta mientras tiraba un puñado de cebada al grupo siempre tarde de gallinas de Guinea que venía corriendo hacia ella.

La granja era una propiedad familiar y pasó al primo que cazaba conejos por ser el pariente más cercano. Emma Ladbruk salió de la historia del lugar como una abeja que hubiera entrado por una ventana abierta para volar hacia fuera de nuevo. En una fría mañana gris estuvo parada, esperando con sus cajas ya guardadas en la carreta de la granja, hasta que estuviera listo el último producto para el mercado, ya que el tren que debía tomar era de menor importancia que las gallinas, la mantequilla y los huevos que debían ofrecer para la venta. Desde donde estaba parada, podía ver un ángulo de la larga ventana enrejada que hubiera sido brillante con las cortinas y agradable con los floreros. A su mente le vino la idea de que por meses, tal vez por años, mucho después de que la hubieran olvidado, una cara blanca e inadvertida vería al otro lado del enrejado y una voz débil que murmuraba se escucharía temblar por todas las entradas enlosadas. Se dirigió a una ventana batiente que se abría hacia la despensa de la granja. La vieja Martha estaba parada ante una mesa troceando un par de pollos para el puesto del mercado como los había troceado por casi ochenta años.

EL GUARDAVÍAS

Charles Dickens

"¡Hola! ¡Allá abajo!"

Cuando escuchó una voz llamándolo así, estaba parado en la puerta de su caseta, con una bandera en la mano, enrollada en su asta corta. Se podría pensar, al considerar la naturaleza del terreno, que no debió dudar de qué dirección procedía la voz; pero en lugar de mirar hacia arriba, donde yo estaba parado en la cima de un tajo escarpado casi sobre su cabeza, se dio la vuelta y miró por la vía. Había algo notable en la forma de hacerlo, aunque yo no hubiera podido decir qué, aunque me fuera la vida en ello. Pero recuerdo que fue lo bastante notable para atraer mi atención, incluso si su figura estuviera distorsionada por la distancia y en la sombra, abajo en el profundo foso y la mía estuviera alto sobre él, tan bañado en el brillo de un irritado atardecer que tuve que cubrirme los ojos con la mano antes poder verlo.

"¡Hola!, ¡Allá abajo!"

Después de ver la vía, se volvió a girar y levantando los ojos, vio mi figura a gran altura sobre él.

"¿Hay algún camino por el que pueda bajar y hablar contigo?"

Me miró sin contestar, y lo miré sin presionarlo demasiado pronto con una repetición de mi ociosa pregunta. En ese momento se sintió una vaga vibración en la tierra y el aire, que rápidamente se convirtió en una pulsación violenta y un movimiento de aire acercándose que causó que me moviera hacia atrás, como si tuviera la fuerza para jalarme hacia abajo. Cuando una nube de vapor subió hasta mi altura mientras el rápido tren pasaba y se alejaba en el paisaje, miré de nuevo hacia abajo y lo vi volviendo a doblar la bandera que había mostrado mientras pasaba el tren.

Repetí mi pregunta. Después de una pausa, durante la cual pareció valorarme con la atención fija, movió su bandera enrollada hacia un punto a mi altura a unos setenta u ochenta metros de distancia. Le contesté: "¡Muy bien!", y me dirigí a ese punto. Allí, a fuerza de examinar con cuidado lo me rodeaba, descubrí un camino descendente en zigzag que estaba tallado en la roca, y el cual seguí.

El tajo era extremadamente profundo y la inclinación extrema. Estaba hecho de piedra pegajosa que rezumaba y estaba más húmeda conforme bajaba. Por esas razones, el camino me pareció lo bastante largo para permitirme recordar el singular aire de renuencia o compulsión con que había señalado el camino.

Cuando bajé suficiente en el descenso en zigzag para verlo de nuevo, vi que estaba parado entre las vías en la dirección en que había pasado el último tren, en actitud de estar esperando que yo apareciera. Tenía la mano izquierda en la barbilla y el codo izquierdo se apoyaba en su mano derecha, que estaba cruzada sobre su pecho. Su actitud era de tal expectativa y vigilancia, que me detuve un momento, preguntándome la razón.

Reinicié el camino de bajada y, al salir al nivel de la vía de tren y acercarme a él, vi que era un hombre amarillento oscuro con barba negra y cejas muy pobladas. Su caseta estaba en un lugar tan solitario y lúgubre como jamás había visto. En ambos lados, tenía paredes escarpadas y húmedas de piedras escabrosas, que impedían la vista, excepto por una banda del cielo; la perspectiva en una dirección, era sólo una prolongación retorcida de este gran calabozo, la perspectiva más corta en la otra dirección terminaba en una triste luz roja y la más triste entrada a un túnel oscuro, y cuya arquitectura tenía un aire bárbaro, deprimente y como de algo prohibido. Era tan poca la luz del sol que encontraba su camino hasta este punto, que tenía un olor a tierra y a muerte, y pasaba tanto aire frío por él, que hizo que me diera frío, como si hubiera dejado el mundo natural.

Antes de que se moviera, estaba yo lo bastante cerca de él como para tocarlo. Ni siquiera entonces separó los ojos de los míos, dio un paso atrás y levantó la mano.

Le dije que era un puesto solitario el que ocupaba y que había atraído mi atención cuando miré hacia abajo desde arriba; que me imaginaba que un visitante era una rareza y que esperaba que no fuera una rareza inoportuna. En mí, podía sólo ver a un hombre que había estado encerrado en límites estrechos toda su vida y que, al estar por fin libre, tenía un interés apenas despierto en las grandes obras. Con ese fin le hablé, pero no estoy seguro de las palabras que empleé, ya que además de que no me hace feliz empezar ninguna conversación, había algo en el hombre que me intimidaba.

Dirigió una mirada muy curiosa hacia la luz roja cerca de la boca del túnel, luego miró alrededor de ella, como si algo faltara y luego me miró a mí.

¿Esa luz era parte de su trabajo?, ¿no lo era?

Contestó en voz muy baja: "¿No sabes que lo es?"

En mi mente surgió el monstruoso pensamiento mientras leía los ojos fijos y la cara saturnina, que era un espíritu, no un hombre. Ya entonces había especulado si algo andaba mal en su mente.

A mi vez, di un paso atrás. Pero al realizar esta acción, descubrí en sus ojos algún miedo latente hacia mí. Esto hizo huir el pensamiento monstruoso.

"Me miras", dije, obligándome a sonreír, "como si me tuvieras miedo."

"Estaba indeciso", contestó, "de si te había visto antes."

"¿Dónde?"

Señaló la luz roja que había estado mirando.

"¿Ahí?", dije.

Mientras me miraba atentamente, contestó (pero sin sonido): "Sí".

"Querido amigo, ¿qué haría ahí? Sin embargo, sea como sea, nunca estuve ahí, puedes jurarlo."

"Creo que podría", respondió. "Sí, estoy seguro que podría."

Su comportamiento se calmó, como el mío. Contestó a mis comentarios con buena voluntad y con palabras bien escogidas. ¿Tenía mucho quehacer ahí? Sí, es decir, tenía suficiente responsabilidad en sus hombros, pero lo que se requería de él era exactitud y vigilancia, y del trabajo real... las labores manuales que tenía eran casi inexistentes. Cambiar esa señal, mantener en buen estado esas luces y girar esta asa de metal de vez en cuando, era todo lo que tenía que hacer en esa área. Respecto a las muchas horas largas y solitarias que me parecían tan importantes, sólo podía decir que la rutina de su vida había tomado esa dirección y que se había acostumbrado. Había aprendido un idioma aquí abajo... si puede llamarse aprendizaje a sólo conocerlo de vista y a que se hubiera formado ideas propias respecto a su pronunciación. También había trabajado con las fracciones y los decimales, e intentado un poco de álgebra; pero era una persona poco apta para los números, y lo había sido desde niño. ¿Era necesario que cuando estaba de servicio se encontrara siempre en ese canal de aire húmedo, y nunca pudiera salir a la luz del sol de entre esas altas paredes de piedra? Bueno, eso dependía del tiempo y las circunstancias. Bajo algunas condiciones, habría menos en las Líneas que en otras, y lo mismo era cierto en cuanto a ciertas horas del día y la noche. Cuando el clima era luminoso, escogía ocasiones para subir un poco sobre esas sombras de la parte baja, pero al ser posible que lo llamaran mediante el timbre eléctrico, y estar en esas ocasiones tratando de escucharlo con redoblada ansiedad, el alivio era menor de lo que yo pudiera suponer.

Me llevó a su caseta donde tenía fuego en la chimenea, un escritorio para un registro oficial en que había escrito ciertos datos, un instrumento telegráfico con su cuadrante y agujas, y el pequeño timbre de que había hablado. Confiando en que perdonaría el comentario de que había sido bien educado y (esperaba poder decir esto sin ofenderlo), tal vez educado por encima de su posición, hizo notar que no escaseaban tales casos de leve incongruencia en grupos grandes de hombres; que había escuchado que así sucedía en talleres, en la fuerza policiaca, incluso en el recurso desesperado que es el ejército, y que sabía que así sucedía, en mayor o menor medida, en el personal del gran ferrocarril. Cuando joven había sido un estudiante de filosofía natural (si yo podía creerlo, sentado en esa caseta; él apenas podía), y había asistido a conferencias; pero se había desbocado, empleado mal sus oportunidades, caído y nunca se había vuelto a levantar. No tenía queja al respecto. Cada quien recoge los frutos de lo que siembra y era demasiado tarde para sembrar algo más.

Todo lo que he resumido aquí, lo dijo con maneras tranquilas, dividiendo su grave atención entre el fuego y yo. Introducía la palabra "Señor" de vez en cuando y en especial cuando se refería a su juventud: como si me pidiera comprender que no afirmaba ser nada, excepto lo que había yo encontrado. La pequeña campana lo interrumpió varias veces y tenía que leer los mensajes y enviar contestaciones. Una vez tuvo que pararse fuera de la puerta, mostrar una bandera mientras pasaba un tren y comunicarse oralmente con el maquinista. Al realizar sus deberes, observé que era notablemente exacto y atento, deteniendo su plática en una sílaba y manteniéndose silencioso hasta que estaba terminado lo que tenía que hacer.

En pocas palabras, yo hubiera clasificado a este hombre como uno de los más seguros para el empleo en su posición, excepto por la circunstancia de que mientras hablaba conmigo dos veces se detuvo palideciendo, dirigió su mirada hacia el pequeño timbre que no había sonado, abría la puerta de la caseta (que se mantenía cerrada para impedir la entrada a la humedad insalubre) y miraba hacia la luz roja cerca de la boca del túnel. En ambas ocasiones, volvió al fuego con ese aire inexplicable que ya he mencionado, sin poder definirlo, cuando estábamos lejos.

Le dije mientras me levantaba para dejarlo: "Casi me haces pensar que he encontrado a un hombre satisfecho".

(Me temo que debo reconocer que lo dije para inducirlo a hablar.)

"Creo que lo estaba", contestó, en la voz baja con que había hablado al principio, "pero estoy preocupado, señor, estoy preocupado."

Si pudiera hubiera retirado sus palabras. Sin embargo, las dijo y me apoderé de ellas de inmediato.

"¿Con qué?, ¿cuál es tu problema?"

"Es muy difícil de comunicar, señor. Es muy, muy difícil hablar de eso. Si alguna vez me haces otra vista, trataré de contártelo."

"Tengo la intención expresa de hacerte otra visita. Veamos, ¿cuándo puede ser?"

"Yo salgo temprano en la mañana y estaría de vuelta mañana a las diez de la noche, señor."

"Vendré a las once."

Me dio las gracias y salió por la puerta conmigo. "Le pondré la luz blanca, señor", dijo en su peculiar voz baja, "hasta que encuentre el camino de subida. Cuando lo encuentre, ¡no hable! Y cuando esté en la cima, ¡no hable!"

Su comportamiento parecía hacer que el lugar fuera más frío, pero sólo dije: "Muy bien".

"Y cuando vuelvas mañana en la noche, ¡no hables! Permíteme hacer una pregunta de despedida. ¿Qué te hizo gritar: '¡Hola!, ¡allá abajo!', esta tarde?"

"No lo sé", dije, "grité algo en ese sentido..."

"No en ese sentido, señor. Esas fueron las palabras exactas. Las conozco bien."

"Admito que fueron las palabras exactas. Sin duda las dije porque te vi abajo."

"¿Por ninguna otra razón?"

"¿Qué otra razón podría tener?"

"¿No tuviste la sensación de que te llegaron en forma sobrenatural?"

"No."

Me deseó buenas noches y sostuvo su luz en alto. Caminé por el lado de la Línea de vías que descendía (con la desagradable sensación de que un tren venía detrás de mí), hasta que encontré el camino. Era más fácil ascender que descender y volví a mi posada sin que sucediera nada más.

Puntual a mi cita, puse el pie en la primera muesca del camino en zigzag la siguiente noche, mientras que en los relojes distantes sonaban las once. Me estaba esperando en el fondo, con la luz blanca encendida. "No hablé", le dije cuando nos acercamos, "¿puedo hablar ahora?" "Por supuesto, señor". "Entonces, buenas noches, aquí está mi mano." Buenas noches, aquí está la mía." Con eso, caminamos juntos a la caseta, entramos, cerramos la puerta y no sentamos junto al fuego.

"He decidido, señor", empezó, inclinándose hacia delante en cuanto nos sentamos, y hablando en un tono que apenas superaba un susurro, "que no tiene que preguntarme dos veces qué me preocupa. Te tomé por otra persona ayer en la tarde. Eso me preocupa."

"¿Ese error?"

"No, ese alguien."

"¿Quién es?"

"No lo sé."

"¿Es como yo?"

"No lo sé. Nunca vi su cara. El brazo izquierdo está sobre la cara y ondea el derecho. Lo ondea violentamente. De esta forma."

Seguí su acción con los ojos y era la acción de un brazo que gesticula con la mayor pasión y violencia: "Por Dios, ¡fuera de mi camino!"

"En una noche iluminada por la luna", dijo el hombre, "estaba leyendo aquí cuando escuché una voz gritar: '¡Hola!, ¡allá abajo!' Miré hacia arriba, observando desde esa puerta, y vi a alguien parado junto a la luz roja, cerca del túnel, agitando el brazo como te acabo de mostrar. La voz parecía ronca de gritar y gritaba: '¡Cuidado!, ¡cuidado!' Después de nuevo: '¡Hola!, ¡allá abajo!' Tomé mi lámpara, la cambié al rojo y corrí hacia la figura, gritando: '¿Cuál es el problema?, ¿qué sucedió?, ¿dónde?' Me paré justo afuera de la negrura del túnel. Me acerqué tanto que me sorprendió que mantuviera la manga en los ojos. Me le acerqué corriendo y tenía la mano extendida para retirar la manga, cuando se fue."

"¿Por el túnel?", dije.

"No. Corrí en el túnel, unos ciento sesenta metros. Me detuve y sostuve la lámpara sobre mi cabeza, y vi las cifras de la distancia medida, y vi las manchas de humedad bajando furtivamente por las paredes y goteando en el arco. Corrí de nuevo para salir, más rápido de lo que había corrido para entrar (ya que aborrezco mortalmente que el techo de la cueva esté sobre mí) y miré alrededor de la luz roja con mi propia luz roja, subí la escalera de hierro a la galería de encima, volví a bajar y corrí de vuelta acá. Telegrafié en ambos sentidos: 'Se ha enviado una alarma. ¿Algo anda mal?' Volvió la respuesta, de ambas direcciones: 'Todo está bien.'"

Mientras me resistía al toque lento de un dedo helado que recorría mi columna, le mostré cómo esa figura pudo ser un engaño de su sentido de la vista y cómo se sabe que esas figuras, que se originan en la enfermedad de los delicados nervios que asisten a las funciones del ojo, a menudo causan problemas a los pacientes, algunos de los cuales son conscientes de su enfermedad, y que incluso se lo han demostrado haciendo experimentos en sí mismos. "En cuanto al grito imaginario", dije, "¡sólo escucha por un momento el viento en este valle artificial mientras hablamos tan bajo, y al sonido extraño que hace en los cables de telégrafo!"

Todo eso estaba bien, contestó, después que nos quedáramos escuchando por un momento y él debía saber algo del viento y los cables, él que había pasado con tanta frecuencia largas noches de invierno allí, solo y vigilante. Pero me pidió notar que no había terminado.

Le pedí perdón, y lentamente añadió estas palabras, tocando mi brazo:

"Menos de seis horas después de la aparición, tuvo lugar el notable accidente de esta Línea y en menos de diez horas trajeron por el túnel los muertos y heridos por el lugar en que había estado la figura."

Un desagradable temblor me recorrió pero hice un esfuerzo para superarlo. No se debía negar, contesté, que era una notable coincidencia, profundamente calculada para impresionar su mente. Pero que era incuestionable que las coincidencias notables ocurrían todo el tiempo y que se debían tomar en cuenta al tratar un tema así. Aunque debía admitir (porque creí ver que iba a oponerse) que los hombres de sentido común no consideran mucho las coincidencias al tomar sus decisiones comunes en la vida.

De nuevo me pidió notar que no había terminado. De nuevo le pedí perdón por interrumpirlo.

"Esto", dijo, de nuevo con la mano sobre mi brazo, y mirando sobre su hombro con ojos hundidos, "sucedió hace exactamente un año. Pasaron seis o siete meses y me había recuperado de la sorpresa y el sobresalto, cuando una mañana, cuando el día empezaba, yo, parado en esa puerta, miré hacia la luz roja y vi el espectro de nuevo." Se detuvo, con la mirada fija en mí.

"¿Gritó?"

"No. Estaba silencioso."

"¿Agitó el brazo?"

"No. Estaba inclinado contra el eje de la luz, con ambas manos frente a la cara. De esta forma."

Una vez más seguí su acción con los ojos. Era una acción de luto. He visto una actitud así en figuras de piedra en tumbas.

"Me metí y senté, en parte para recobrar el ánimo, en parte porque me hizo desfallecer. Cuando fui a la puerta de nuevo, la luz del día estaba sobre mí y el fantasma se había ido."

"Pero, ¿no sucedió nada? ¿nada resultó de esto?"

Me tocó en el brazo con el dedo índice dos o tres veces, asintiendo cadavéricamente cada vez:

"Ese mismo día, cuando el tren salía del túnel, me di cuenta que en una ventana del tren, de mi lado, algo que parecía una confusión de manos y cabezas, y algo hizo señas. Lo vi, justo a tiempo para indicar al conductor, ¡detente! Él detuvo la máquina y puso el freno, pero el tren continuó más allá unos cincuenta metros o más. Corrí detrás de él, y mientras avanzaba, escuché gritos y lamentos terribles. Una hermosa joven había muerto instantáneamente en uno de los compartimientos, y la trajeron aquí, la pusieron en este piso, entre nosotros."

Involuntariamente, empujé mi silla hacia atrás, mientras veía las tablas del piso que señalaba a él.

"Es verdad, señor. Verdad. Es precisamente lo que sucedió, así te lo cuento."

No podía pensar en nada qué decir, sobre nada, y tenía la boca muy seca. El viento y los alambres continuaron la historia con un largo gemido de pesar.

Continuó: "Ahora, señor, preste atención a esto, y decida por qué estoy preocupado. El espectro volvió hace una semana. Desde entonces, ha estado aquí de vez en cuando, sin una hora fija."

"¿En la luz?"

"En la luz de Peligro."

"¿Qué parece hacer?"

Repitió, con mayor pasión y vehemencia si se quiere, que fue el anterior ademán de: "Por Dios, ¡fuera de mi camino!"

Luego continuó. "No tengo paz ni descanso. Me habla por varios minutos seguidos, en una forma agónica: '¡Allá abajo! ¡Cuidado!, ¡cuidado!' Continúa haciéndome señas. Suena mi pequeño timbre..."

Eso me llamó la atención. "¿Tocó tu timbre ayer en la noche cuando yo estaba aquí y fuiste a la puerta?"

"Dos veces."

"Mira", dije, "cómo tu imaginación te puede engañar. Mis ojos estaban viendo el timbre y mis oídos estaban abiertos al timbre, y así como estoy vivo, no sonó en esas ocasiones. No, ni en ningún otro momento, excepto cuando tocaba en el curso natural de los objetos físicos cuando la estación se comunicaba contigo."

Meneó la cabeza. "Nunca he cometido un error al respecto, aún no, señor. Nunca he confundido el tañido del espectro con el del hombre. El tañido del fantasma es una extraña vibración en el timbre que no se deriva de nada más, y no he afirmado que el timbre se mueva ante la vista. No me sorprende que no lo escucharas, pero yo lo escuché."

"¿Y el espectro parecía estar ahí, cuando saliste a ver?"

"Estaba ahí."

"¿Ambas veces?"

Él repitió con firmeza: "Ambas veces".

"¿Vendrías a la puerta conmigo y mirarías ahora?"

Se mordió el labio inferior como si estuviera renuente, pero se levantó. Abrí la puerta y me quedé en el escalón mientras él se quedó en la puerta. Ahí estaba la luz de Peligro. Ahí, la boca lúgubre del túnel. Ahí, estaban las altas paredes húmedas del tajo. Ahí, las estrellas sobre ellas.

"¿Lo ves?", le pregunté fijándome en particular en su cara. Sus ojos estaban prominentes y tensos, pero no mucho más, tal vez, que los míos cuando los había dirigido seriamente hacia el mismo punto.

"No", contestó. "No está ahí."

"Estoy de acuerdo", dije.

Volvimos a entrar, cerramos la puerta y volvimos a sentarnos. Estaba pensando cómo aprovechar mejor esta ventaja, si se le pudiera llamar así, cuando continuó la conversación en una forma natural, asumiendo de esa forma que no podía existir una duda seria de los hechos entre nosotros, de manera que sentí que me encontraba en la más débil de las posiciones.

"Para ahora comprenderá totalmente, señor", dijo, "que lo que me preocupa tanto, es la pregunta: ¿Qué quiere decir el espectro?"

Le dije que no estaba seguro de comprender bien.

"¿Contra qué me está advirtiendo?", dijo, pensando, con la mirada en el fuego, y volteando sólo en ocasiones hacia mí. "¿Cuál es el peligro?, ¿dónde está el peligro? Hay un peligro pendiendo, en algún lugar de la Línea. Va a producirse una horrible calamidad. No se debe dudar esta tercera ocasión, después de lo que ha sucedido antes. Pero, por supuesto, es una obsesión para mí. ¿Qué puedo hacer?"

Sacó su pañuelo y se secó las gotas de su frente acalorada.

"Si telegrafío Peligro hacia cualquier lado, o ambos, no puedo dar razón para él", continúo, secándose las palmas de las manos. "Me metería en problemas y no haría ningún bien. Pensarían que estoy loco. Así es como saldría: Mensaje: '¡Peligro!, ¡tengan cuidado!' Respuesta: '¿Qué peligro?, ¿dónde?' Mensaje: 'No lo sé. Pero por el amor del cielo, ¡tengan cuidado!' Me destituirían. ¿Qué más podrían hacer?"

Era lastimoso ver su dolor mental. Era la tortura mental de un hombre concienzudo, oprimido más allá de lo que puede resistir por una responsabilidad incomprensible relacionada con la vida.

"Cuando se detuvo por primera vez bajo la luz de Peligro", continuó, haciendo para atrás el cabello oscuro de su cabeza, y pasando las manos hacia afuera sobre sus sienes mostrando una enorme preocupación, "¿por qué no me dijo dónde iba a suceder ese accidente... si tenía que suceder? ¿Por qué no decirme cómo se podría evitar... si se podía evitar? Cuando en su segunda venida escondió su cara, ¿por qué no me dijo en vez: 'Ella va a morir. Déjenla quedarse en casa'? Si vino en esas dos ocasiones sólo para mostrarme que sus advertencias eran verdaderas, y así prepararme para la tercera, ¿por qué no advertirme claramente ahora? Y a mí, ¡Dios me ayude, un mero guardavías en esta estación solitaria! ¡Por qué no encontró a alguien a quien le creyeran y tuviera poder para actuar!"

Cuando lo vi en este estado, me di cuenta que por el bien del pobre hombre, además de la seguridad del público, lo que debía hacer por el momento era tranquilizarlo. Por lo tanto, haciendo a un lado toda duda sobre la realidad o la irrealidad entre nosotros, le dije que quienquiera que le hubiera dejado el trabajo, debió haber hecho bien, y que al menos era su tranquilidad que comprendiera su deber, aunque no comprendiera esas apariciones confusas. En este esfuerzo tuve más éxito que en el intento de razonar para que dejara su convicción. Se tranquilizó, las actividades relacionadas con su puesto empezaron a requerir cada vez más de su atención conforme avanzaba la noche; lo dejé a las dos de la mañana. Había ofrecido quedarme durante la noche, pero no quiso ni escucharme.

No veo razón alguna para ocultar que vi hacia atrás a la luz roja conforme ascendía por el camino, que no me gustaba la luz roja y que hubiera dormido mal si mi cama hubiera estado bajo ella. Ni me gustaban las dos secuencias del accidente ni la muchacha muerta. Tampoco veo razón alguna para ocultarlo.

Pero lo que más cruzaba mis pensamientos era la consideración de cómo debía actuar, después de ser el recipiente de esta revelación. Había demostrado que el hombre era inteligente, vigilante, esmerado y preciso; pero, ¿cuánto tiempo podría seguir siéndolo, en su estado mental? Aunque estaba en una posición subordinada, aún tenía un puesto de confianza muy importante y, por ejemplo, ¿me gustaría arriesgar la vida confiando en la posibilidad de que continuara ejerciendo su trabajo con precisión?

Incapaz de superar la sensación de que habría algo traicionero en que comunicara lo que me dijo a sus superiores en la compañía, sin que primero fuera claro con él y le propusiera un camino intermedio, me decidí por último a ofrecer acompañarlo (manteniendo el secreto por el momento) con el médico más sabio que pudiéramos encontrar en este lugar y recibir su opinión. Tendría un cambio en su horario de trabajo la siguiente noche, me había informado, y estaría libre una hora o dos después de la salida del sol y de nuevo poco después de la puesta. Había decidido volver de acuerdo a eso.

El siguiente fue un anochecer hermoso y salí temprano para disfrutarlo. El sol no se había puesto del todo cuando cruzaba el camino del campo cerca de la parte superior del profundo tajo. Podía extender mi caminata por una hora, me dije, media hora hacia delante y media hora de vuelta, y entonces sería la hora de bajar a la caseta del guardavía.

Antes de continuar mi paseo, caminé hacia el borde y mecánicamente miré hacia abajo, desde el punto en que lo había visto por primera vez. No puedo describir la emoción que se apoderó de mí, cuando cerca de la boca del túnel, vi la aparición de un hombro, con la manga izquierda cruzando sus ojos, ondeando apasionadamente el brazo derecho.

El horror sin nombre que me oprimió, pasó en un momento, ya que en un momento vi que la aparición era en verdad un hombre, y que había un grupo pequeño de otros hombres parados a corta distancia, al que parecía estar repitiendo el gesto que hacía. La luz de Peligro aún no estaba encendida. Contra su eje, habían construido un cobertizo pequeño y bajo con algunos soportes de madera y una lona, que era totalmente nuevo para mí. No parecía más grande que una cama.

Con una irresistible sensación de que algo andaba mal... con un miedo relampagueante de autoreproche de que un mal fatal había tenido lugar por dejar al hombre ahí, y ser la causa de que no se enviara a alguien ahí para supervisar o corregir lo que hacía... descendí el sendero tallado con toda la velocidad que pude.

"¿Qué sucede?", pregunté a los hombres.

"Un guardavía muerto esta mañana, señor."

"¿No el hombre que correspondía a esa caseta?"

"Sí, señor."

"¿No será el hombre que conozco?"

"Lo reconocerá, señor, si lo conoció", dijo el hombre que habló a los otros, descubriendo con solemnidad su propia cabeza y levantando un extremo de la lona, "ya que su cara está totalmente serena."

"¡Ah!, ¿cómo sucedió?, ¿cómo sucedió?", pregunté mirando de uno a otro mientras cerraban la lona de nuevo.

"Lo atropelló un tren, señor. Ningún hombre en Inglaterra conocía mejor su trabajo. Pero de alguna manera no estaba fuera del carril externo. Fue en pleno día. Había encendido la luz y tenía la lámpara en la mano. Cuando el tren salió del túnel, estaba de espaldas a él y lo derribó. Ese hombre dirigía el tren y nos estaba mostrando cómo sucedió. Muéstrale al caballero, Tom."

El hombre que vestía un tosco traje oscuro, ¡volvió a su lugar anterior en la boca del túnel!

"Saliendo de la curva en el tren, señor", dijo, "lo vi al extremo, como si lo viera hacia abajo por un vidrio de perspectiva. No había tiempo para controlar la velocidad y sabía que él era muy cuidadoso. Como no parecía prestar atención al silbato, lo interrumpí cuando estábamos a punto de llegar a él y le grité lo más fuerte que pude."

"¿Qué dijiste?"

"Dije: ¡Allá abajo! ¡Cuidado!, ¡cuidado! Por el amor del cielo, "¡despeja el camino!"

Me sobresalté.

"¡Ah!, fue un momento terrible, señor. Nunca dejé de avisarle. Puse el brazo ante mis ojos para no ver y ondee el otro brazo hasta el final, pero no sirvió."

* * *

Sin prolongar la narración para ahondar en alguna de las circunstancias curiosas más que en cualquier otra, quiero hacer notar, para terminar, la coincidencia de que la advertencia del maquinista incluía, no sólo las palabras que el desafortunado guardavía comentó que lo obsesionaban, sino también las palabras que yo había añadido, no él (y sólo en mi mente), a los gestos que él había imitado.

LOS HECHOS EN EL CASO DE M. VALDEMAR

Edgar Allan Poe

Por supuesto, no voy a pretender que sea sorprendente que el extraordinario caso de M. Valdemar haya suscitado discusiones. Hubiera sido un milagro si no hubiera sucedido... en especial dadas las circunstancias. Por deseo de todas las partes involucradas de evitar que el público supiera del asunto, al menos por el momento o hasta que tuviéramos más oportunidad de investigar, y gracias a nuestros esfuerzos por hacer indagaciones, una historia alterada o exagerada logró llegar a la sociedad y se convirtió en la fuente de muchas desagradables falsedades, y en forma muy natural, de profunda incredulidad.

Ahora se ha vuelto necesario que saque a la luz los hechos... hasta donde los comprendo. En forma breve, son éstos:

En los últimos tres años, mi atención se ha sentido atraída repetidas veces al tema del mesmerismo, y, hace unos nueve meses, se me ocurrió de repente que en las series de experimentos que se habían realizado hasta el momento había una omisión notable y muy difícil de explicar: no se había hipnotizado aún a ninguna persona in articulo mortis. Sin embargo, quedaba por ver, primero, si en esa condición existía en el paciente alguna susceptibilidad a la influencia magnética; en segundo lugar, si existía alguna, si disminuía o aumentaba con la condición; en tercer lugar, en qué medida, o por cuánto tiempo, el proceso podría detener la intromisión de la Muerte. Existían otros puntos por averiguar, pero eran ésos los que más despertaban mi curiosidad, el último en especial, por el carácter inmensamente importante de sus consecuencias.

Al buscar a mi alrededor algún sujeto por cuyo medio pudiera probar esos aspectos, me puse a pensar en mi amigo, M. Ernest Valdemar, el bien conocido compilador de la "Biblioteca Forense" y autor (bajo el *nom de plume* de Issachar Marx) de las versiones polacas de "Wallenstein" y "Gargantúa". M. Valdemar, quien había residido principalmente en Harlem, Nueva York, desde el año de 1839, es (o era) particularmente notable por la extrema delgadez de su persona... sus extremidades inferiores muy parecidas a las de John Randolph, y también por la blancura de sus bigotes, en contraste total con la negrura de su cabello... por lo que éste último se tomaba en forma muy generalizada y equivocada por una peluca. Su temperamento era apreciablemente nervioso y lo convertía en un buen sujeto para el experimento de mesmerismo. En dos o tres ocasiones lo había puesto a dormir con poca dificultad, pero estaba desilusionado en otros resultados que su constitución peculiar me había conducido naturalmente a anticipar. Su voluntad, durante ningún periodo, estaba bajo mi control en forma positiva o total, y en relación con la clarividencia, nada podía lograr con él que fuera confiable. Siempre atribuí mi fracaso en esos puntos al trastorno de su salud. Por algunos meses previos a que lo conociera, sus médicos habían confirmado que tenía tuberculosis. De hecho, era su costumbre hablar con calma de su cercana muerte, como algo que no se debía evitar ni lamentar.

Cuando las ideas a que he aludido se me ocurrieron por primera vez fue, por supuesto, muy natural que pensara en el señor Valdemar. Conocía muy bien la firme filosofía del hombre para temer algún escrúpulo de él; y no tenía parientes en Estados Unidos que pudieran interferir. Le hablé con franqueza del tema, y para mi sorpresa, pareció atizar vivamente su interés. Digo para mi sorpresa, ya que a pesar de que siempre se había prestado para mis experimentos, nunca antes había dado señas de interés por lo que yo hacía. Su enfermedad era de ese tipo que permite un cálculo exacto con respecto al momento de su fin en la muerte, y al final arreglamos entre nosotros que enviaría por mí unas veinticuatro horas antes del periodo anunciado por sus médicos como el de su fallecimiento.

Ahora son ya más de siete meses desde que recibí, de M. Valdemar mismo, la nota anexa:

"Estimado P...

"Sería bueno que vinieras ahora. D... y F... están de acuerdo en que no puedo durar más allá de mañana a la medianoche, y creo que han atinado al momento con mucha exactitud.

Valdemar"

Recibí esta nota menos de media hora después de que fuera escrita y en quince minutos más estaba en la recámara del hombre moribundo. No lo había visto por diez días y estaba espantado por la terrible alteración que el breve intervalo le había producido. Su cara tenía un matiz plomizo, los ojos carecían por completo de brillo y la emaciación era tan extrema que los pómulos habían resquebrajado la piel. Su expectoración era excesiva; el pulso apenas era perceptible. Sin embargo, retenía de una manera notable tanto su poder mental como cierto grado de fuerza física. Habló con claridad, tomó algunas medicinas paliativas sin ayuda, y cuando entré a la habitación, estaba ocupado escribiendo con lápiz un apunte en un libro de bolsillo. Se sostenía en la cama con almohadas. Los médicos D... y F... lo atendían.

Después de apretar la mano de Valdemar, llevé a esos caballeros aparte y obtuve de ellos una relación detallada de la condición del paciente. El pulmón izquierdo había estado por dieciocho meses en un estado semiosificado o cartilaginoso y era inservible para todo propósito de la vida. El derecho, en su porción superior, también estaba osificado, si no por completo, sí en parte; mientras que la región inferior era tan sólo una masa de tubérculos purulentos que se unían unos con otros. Existían varias perforaciones extendidas, y en un punto, había tenido lugar una adhesión permanente con las costillas. Estos problemas eran de una fecha comparativamente reciente. La osificación había procedido con rapidez muy poco común; no se había descubierto ningún signo el mes anterior y la adhesión sólo se había observado durante los tres días previos. Aparte de la tuberculosis, se sospechaba que el paciente tenía un aneurisma de la aorta, pero en este punto los síntomas de osificación hacían imposible un diagnóstico exacto. La opinión de ambos médicos era que Valdemar moriría alrededor de la medianoche del día siguiente (domingo). En ese momento eran las siete de la tarde del sábado.

Al alejarme del lado del inválido para reflexionar, los médicos D... y F... se despidieron por última vez. No era su intención volver, pero a solicitud mía, estuvieron de acuerdo en volver a revisar al paciente a las diez de la noche siguiente.

Cuando se marcharon, hablé libremente con M. Valdemar sobre el tema de su próximo fallecimiento, además y en forma más particular, del experimento propuesto. Aún se declaró totalmente dispuesto e incluso ansioso por que se hiciera y me instó a comenzar de inmediato. Nos asistían un enfermero y una enfermera, pero no me sentía del todo libre de dedicarme a una tarea de este tipo sin testigos más confiables de lo que podrían resultar esas personas si sucediera un accidente repentino. En consecuencia, pospuse las actividades hasta cerca de las ocho de la siguiente noche, cuando la llegada de un estudiante de medicina, con el que tenía cierta amistad (el señor Theodore L...l), me liberara de impedimentos. En un principio, mi proyecto había sido esperar a los médicos, pero me indujeron a proceder, primero, las súplicas urgentes de M. Valdemar, y en segundo lugar, mi convicción de que no tenía un momento que perder, ya que era evidente que se estaba yendo rápidamente.

El señor L...l fue muy amable al acceder a mi deseo de tomar notas de todo lo que sucediera, y es de esas notas que resumí o copié al pie de la letra la mayor parte de lo que voy a narrar.

Faltaban cinco minutos para las ocho cuando, mientras sujetaba la mano del paciente, le rogué que expresara con la mayor claridad posible al señor L...l, si él (M. Valdemar) estaba totalmente dispuesto a que realizara el experimento de hipnotizarlo en la condición en que estaba en ese momento.

Respondió débilmente, pero de forma audible: "Sí, deseo ser hipnotizado", añadiendo de inmediato, "me temo que lo pospusiste demasiado".

Mientras decía esto, comencé a practicar los pases que en ocasiones anteriores habían sido muy efectivos para dominarle. Era evidente que el primer pase lateral de mi mano sobre su frente influía en él, pero aunque ejercité todos mis poderes, no se manifestaron otros efectos hasta pocos minutos despues de las diez, cuando tocaron a la puerta los doctores D... y F..., de acuerdo a nuestra cita. En pocas palabras, les expliqué mis intenciones y, como no tenían objeciones, diciendo que el paciente ya estaba en la agonía de la muerte, proseguí sin vacilaciones, sin embargo cambiando los pases laterales por otros hacia abajo y dirigiendo la mirada al ojo derecho del paciente.

Para este momento, su pulso era imperceptible, su respiración era estertórea y a intervalos de medio minuto.

Esta situación se mantuvo sin cambios por un cuarto de hora. No obstante, al terminar este periodo, se escapó del pecho agonizante un suspiro natural aunque muy profundo, y cesó la respiración estertórea... es decir, los estertores ya no se podían notar; los intervalos siguieron sin disminuir. Las extremidades del paciente estaban helados.

Faltando cinco minutos para las once, percibí señales inequívocas de la influencia magnética. El movimiento vidrioso de los ojos cambió a la expresión de intranquilo examen interno que sólo se ve en los ojos de los sonámbulos y que es imposible confundir. Con unos rápidos pases laterales hice que temblaran los párpados, como en un sueño incipiente, y con otros pases más, hice que los cerrara definitivamente. Sin embargo, no estaba satisfecho y proseguí mis manipulaciones de forma enérgica, ejerciendo al máximo mi fuerza de voluntad, hasta lograr la total rigidez de los miembros del hipnotizado, después de colocarlos en una posición que parecía cómoda. Las piernas completamente estiradas, los brazos casi estirados y descansando sobre el lecho, a corta distancia de las caderas. La cabeza estaba ligeramente levantada.

Para cuando terminamos, ya era medianoche y rogué a los presentes que examinaran el estado de M. Valdemar. Despues de unos experimentos, admitieron que se hallaba en un insólito estado de perfecto trance hipnótico. Había logrado despertar la curiosidad de ambos médicos y el doctor D... decidió permanecer toda la noche a la cabecera del paciente, mientras el doctor F... se despedía prometiendo regresar al alba. El señor L...l y los criados se quedaron.

Dejamos al señor Valdemar en completa quietud hasta las tres de la madrugada, momento en que me acerqué a él y descubrí que estaba como al partir el doctor F...; es decir, que estaba tendido en la misma posición, el pulso era imperceptible, la respiración suave (apenas se advertía el aliento, excepto al aplicar un espejo a los labios), los ojos estaban cerrados con naturalidad y los miembros seguían rígidos y tan fríos como el mármol. Aún así, el aspecto general no era el de la muerte.

Al acercarme a M. Valdemar, traté sin muchas ganas de que su brazo derecho siguiera al mío, mientras lo movía despacio por encima de su persona. En experimentos de este tipo con M. Valdemar no había logrado un éxito absoluto, y por supuesto que tampoco esperaba tenerlo ahora; pero, para sorpresa mía, su brazo siguió de inmediato al mío, aunque débilmente, en toda dirección que le ordené. Decidí entonces arriesgarme a una breve conversación.

"Señor Valdemar", dije, ¿está dormido?" No respondió, pero percibí un temblor en sus labios, lo que me indujo a repetir la pregunta una y otra vez. A la tercera repetición, todo su cuerpo se agitó con un leve estremecimiento; los párpados se levantaron por sí mismos hasta mostrar una estrecha línea blanca del ojo, los labios se movieron lentamente, mientras en un murmullo apenas audible surgieron estas palabras:

"Sí... estoy dormido ahora... ¡No me despierte! ¡Déjeme morir así!"

En ese momento palpé las extremidades y encontré que estaban igual de rígidas. El brazo derecho, como antes, obedecía la dirección de mi mano. Volví a interrogar al durmiente:

"¿Aún siente dolor en el pecho, M. Valdemar?

Ahora, la respuesta fue inmediata, aunque menos audible que antes.

"No siento dolor... ¡estoy muriendo!"

No me pareció aconsejable molestarlo más por el momento; y no dijimos o hicimos nada más hasta la llegada del doctor F..., quien llegó poco antes de la salida del sol y expresó su asombro sin límites al encontrar todavía vivo al paciente. Después de tomar el pulso y aplicar un espejo a los labios, me rogó que hablara con el durmiente de nuevo. Lo hice así, diciendo:

"M. Valdemar, ¿aún está dormido?

Como antes, pasaron algunos minutos antes de que contestara, y durante el intervalo el agonizante parecía estar reuniendo sus energías para hablar. Al repetir por cuarta vez la pregunta, dijo con voz tan débil que era casi inaudible:

"Sí, aún duermo... me muero."

En ese momento fue la opinión, o más bien, el deseo de los médicos que se dejara al señor Valdemar en su actual condición, al parecer tranquila, hasta que se produjera la muerte que en unánime opinión, sobrevendría en pocos minutos. Sin embargo, decidí hablar con él una vez más, y tan solo repetí la misma pregunta.

Mientras hablaba, se produjo una alteración notable en las facciones del durmiente. Los ojos se abrieron lentamente, mientras las pupilas desaparecían hacia arriba, la piel adquirió una tonalidad cadavérica, más parecida a papel blanco que a pergamino, y las redondas manchas de tísico, que hasta el momento se habían mostrado con nitidez en el centro de cada mejilla, desaparecieron de repente. Empleo esta expresión porque lo repentino de su desaparición me recordó una vela que se apaga de un soplo. Al mismo tiempo, el labio superior dejó al descubierto los dientes, que antes había cubierto por completo, mientras la mandíbula inferior caía con una sacudida perceptible, dejando la boca abierta totalmente y mostrando la lengua hinchada y ennegrecida. Supongo que nadie en el grupo presente estaba desacostumbrado a los horrores de un lecho de muerte, pero en ese momento el aspecto del señor Valdemar era tan horrendo, más allá de lo concebible, que hubo un movimiento general de alejamiento de la cama.

Siento que he llegado a un punto en esta narración en que todo lector se asustará y dejará de creerme. Sin embargo, es mi obligación tan sólo continuar.

Ya no existía el más leve signo de vitalidad en el cuerpo de M. Valdemar, y al llegar a la conclusión de que estaba muerto, lo estábamos dejando a cargo de los enfermeros cuando observamos un fuerte movimiento vibratorio de la lengua. Continuó por cerca de un minuto. Al terminar este periodo surgió de las mandíbulas separadas e inmóviles una voz... tal, que sería demencia tratar de describirla. De hecho, existen dos o tres epítetos que se podrían considerar aplicables en parte: por ejemplo, que el sonido era áspero, desgarrado y hueco; pero el espantoso conjunto resulta indescriptible por la simple razón de que jamás ha vibrado un sonido similar en oído alguno de la humanidad. Sin embargo, presentaba dos aspectos (según pensé entonces y sigo pensando ahora) que se pueden presentar como propios de esa entonación, que son apropiados para comunicar una idea de su peculiaridad extraterrena. En primer lugar, la voz parecía llegar hasta nuestros oídos (al menos a los míos) desde una enorme distancia, o de alguna profunda caverna en el interior de la tierra. Y en segundo lugar, me produjo (temo que sea imposible que me haga comprender) una impresión como la que causan materias gelatinosas o viscosas en el sentido del tacto.

He hablado al mismo tiempo de "sonido" y de "voz". Quiero decir que el sonido se producía en sílabas claras; aún más, asombrosa y aterradoramente claras. M. Valdemar hablaba evidentemente en contestación a la pregunta que le había formulado unos minutos antes. Como se recordará, pregunté si seguía dormido. Ahora contestó:

"Sí... no... he estado durmiendo... y ahora... ahora... estoy muerto."

Ninguno de los presentes trató de negar ni reprimir el horror indescriptible y estremecedor que produjeron esas pocas palabras, así proferidas. El señor L...l, (el estudiante), se desmayó. Los enfermeros dejaron la habitación de inmediato y no se les pudo convencer para que volvieran. No pretenderé tratar de explicar al lector mis propias impresiones. Por casi una hora nos dedicamos, en silencio, a tratar de reanimar al señor L...l. Cuando volvió en sí, volvimos a investigar la condición de M. Valdemar.

En todo sentido, seguía como lo describí la última vez, con la excepción de que el espejo ya no producía evidencia de su respiración. Falló una tentativa de extraer sangre del brazo. También debo añadir que esa extremidad ya no obedecía mi voluntad. También me esforcé vanamente en hacer que siguiera la dirección de mi mano. De hecho, la única indicación real de la influencia mesmérica se encontraba ahora en el movimiento de vibración de la lengua cada vez que hacía una pregunta a M. Valdemar. Parecía estar esforzándose por contestar, pero que ya carecía de suficiente voluntad. Parecía insensible a las preguntas de cualquier otra persona, aunque hice lo posible para que cada persona del equipo estuviera en armonía con él. Creo que ya he relatado lo necesario para que se comprenda el estado del durmiente en ese momento. Contratamos otros enfermeros, y a las diez de la mañana salí de la mansión en compañía de los dos médicos y del señor L...l.

Volvimos por la tarde a ver al paciente. Su condición seguía siendo exactamente la misma. Discutimos la conveniencia y posibilidad de despertarlo, pero no tuvimos dificultades en estar de acuerdo en que no serviría de nada hacerlo. Era evidente que hasta ahora, la muerte (o lo que normalmente llamamos muerte) había sido detenida por el proceso mesmérico. Y nos parecía claro a todos que despertarlo sólo aseguraría su fin instantáneo, o al menos rápido.

Desde ese periodo hasta el final de la pasada semana (un intervalo de casi siete meses) continuamos visitando diariamente la casa de M. Valdemar, acompañados en diversas ocasiones por médicos y otros amigos. En todo ese tiempo, el durmiente continuó exactamente como lo describí la última vez. Fueron constantes los cuidados de los enfermeros.

Fue el viernes pasado que por fin nos decidimos a llevar a cabo el experimento de despertarlo, o intentar despertarlo; éste es el resultado desafortunado de este último experimento que ha dado lugar a tantas discusiones en los círculos privados, y a lo que no puedo dejar de considerar como un sentir público totalmente injustificado.

Con objeto de liberar al señor Valdemar del trance hipnótico, emplee los pases habituales. Por un tiempo, no produjeron resultado. La primera señal de reavivamiento se produjo por un descenso parcial del iris. Se observó, como detalle en verdad sorprendente, que el descenso de la pupila tenía lugar junto con un derrame abundante de líquido amarillento (de abajo de los párpados), con un olor acre y muy desagradable.

Se sugirió que tratara de influir en el brazo del paciente como había hecho antes. Lo intenté y fallé. El doctor F... expresó el deseo de que hiciera una pregunta. Lo hice, como sigue:

"M. Valdemar, ¿puede explicarnos cuales son sus sentimientos o sus deseos ahora?"

De inmediato volvieron los círculos de la tisis a las mejillas; la lengua tembló, o más bien se enrolló violentamente en la boca (aunque las mandíbulas y los labios continuaron rígidos como antes) y al final surgió la misma horrible voz que ya he descrito:

"Por el amor del cielo... ¡rápido!... ¡rápido!... ponme a dormir... o ¡rápido!, despiértame, ¡rápido!... ¡te digo que estoy muerto!"

Había perdido la serenidad por completo y por un instante no podía decidir qué hacer. Al principio me esforcé por tranquilizar al paciente, pero al fallar por la total suspensión de la voluntad, di marcha atrás y con la misma seriedad me esforcé por despertarlo. En este intento, pronto me di cuenta que tendría éxito... o al menos imaginé que el éxito sería completo... y estoy seguro que todos los que estaban en la habitación estaban preparados para ver que se despertara el paciente.

Sin embargo, es totalmente imposible que cualquier ser humano hubiera estado preparado para lo que en realidad ocurrió.

Mientras ejecutaba rápidamente los pases mesméricos, entre exclamaciones de "¡muerto!, ¡muerto!", que literalmente explotaban de la lengua y no de los labios del paciente, todo su cuerpo a la vez, en el espacio de un solo minuto o menos, se contrajo, se deshizo, se pudrió totalmente bajo mis manos. En el lecho, ante todo el grupo, sólo quedaba una masa casi líquida de putrefacción repugnante y aborrecible.

LA MANO

Guy de Maupassant

Estábamos sentados todos alrededor del señor Bermutier, el magistrado, que nos estaba comentando su opinión en el asunto de St. Cloud. El inexplicable crimen había convulsionado a París por un mes completo, sin embargo, nadie había resuelto el misterio.

Erguido, con la espalda hacia la chimenea, el señor Bermutier hablaba, ordenaba las pruebas y discutía diversas opiniones, pero no llegó a una conclusión.

Varias de las mujeres presentes se habían levantado de su asiento para estar más cerca de él, y se quedaron de pie, con los ojos fijos en los labios bien rasurados de que salían palabras de tanta importancia. Se emocionaban y estremecían, devoradas por la curiosidad y con el ávido e insaciable amor de lo horrible que acosa sus almas y las tortura como el hambre.

Una, más pálida que las otras, rompió el silencio:

"¡Es terrible! ¡Es casi sobrenatural! Nunca vamos a saber nada al respecto."

El magistrado se dirigió a ella:

"Tiene razón, señora, es muy probable que nunca sepamos nada. Pero la palabra 'sobrenatural' que empleó hace un momento no tiene sentido en este caso. Tenemos ante nosotros un crimen muy hábilmente concebido y muy hábilmente llevado a cabo, tan envuelto en misterio que no podemos disociarlo de las circunstancias impenetrables que lo rodean. Pero en el pasado, tuve que perseguir con ahínco un caso en que en realidad estaba mezclado un elemento fantástico. Sin embargo, tuvimos que abandonarlo ya que nadie pudo arrojar alguna luz al respecto."

Sin aliento y como si fuera con una sola voz, varias de las damas exclamaron:

"¡Ah!, ¡háblenos de eso!"

El señor Bermutier sonrió con severidad, como corresponde a un magistrado y continuó:

No deben pensar ni por un momento que yo imaginé que existía algún elemento sobrenatural en este caso. No soy creyente de lo anormal. Pero si en lugar de emplear la palabra "sobrenatural" para explicar lo que no comprendemos, empleamos la palabra "inexplicable", sería mucho mejor. En cualquier caso, en la historia que estoy a punto de relatarles fueron principalmente las circunstancias que la rodearon, las circunstancias preparatorias, por así decirlo, las que me afectaron. En pocas palabras, éstos son los hechos:

En esos días era magistrado residente en Ajaccio, un pequeño pueblo blanco situado en el borde de un hermoso golfo y rodeado por altas montañas.

Con lo que tuve que trabajar principalmente fueron casos de vendetta. Algunos eran en verdad magníficos, otros excesivamente dramáticos, salvajes y de nuevo heroicos. Los temas más espléndidos de venganza que un hombre pueda idear, odios enaltecidos por la antigüedad que tal vez se apaciguaban por un momento, pero que en realidad nunca se extinguían, engaños abominablemente astutos, asesinatos que se convertían en masacres y acciones casi nobles.

Por dos años no oí hablar más que del precio de la sangre, de la terrible ley corsa que impone la venganza para quienes actúan mal y que pasaba a descendientes y parientes cercanos. He visto ancianos, niños y primos con la garganta cortada. Mi cerebro rebosaba de esos hechos.

Un día escuché que un inglés había rentado una pequeña villa en el borde del golfo por varios años. Había traído consigo a un criado francés, escogiéndolo mientras pasaba por Marsella. Pronto, todos hablaban de este extranjero excéntrico que vivía solo en su casa; dejándola sólo para cazar y pescar. Nunca hablaba con nadie, nunca entraba al pueblo y practicaba el tiro todas las mañanas por dos o tres horas con pistola y rifle.

Eran comunes las historias sobre él. Algunas personas lo convertían en un gran personaje que había huido de su país por razones políticas; otras afirmaban que se estaba ocultando por haber cometido un crimen terrible. Incluso citaban detalles especialmente horrendos.

En mi posición como magistrado, quería recabar alguna información sobre este hombre, pero no pude saber nada. Proporcionó su nombre como Sir John Rowell.

Así que me tenía que contentar con vigilarlo de cerca, pero, para hablar con sinceridad, no encontré nada sospechoso sobre él. Sin embargo, como continuaban los rumores, ampliados, y se habían convertido en charla común, decidí verlo por mí mismo y me dediqué a cazar con regularidad en las cercanías.

Esperé mi oportunidad por largo tiempo. Al final llegó ésta, en forma de una perdiz a la que disparé y maté en presencia del inglés. Mi perro la trajo. Tomando el ave, fui y me disculpé por mi falta de maneras y le rogué a Sir John Rowell que aceptara el ave muerta.

Era un hombre enorme, de cabello rojo y barba roja, muy alto, muy grande, un Hércules plácido y cortés. No tenía nada de la llamada flema inglesa y me agradeció calurosamente mi pequeña cortesía en francés con acento del otro lado del Canal de la Mancha. Antes de que pasara un mes habíamos hablado cinco o seis veces.

Por fin, una tarde, mientras pasaba por su puerta, lo vi sentado en el jardín, en una silla, fumando una pipa, hice una reverencia y me invitó a acercarme a beber un vaso de cerveza. No esperé a que me lo pidiera dos veces.

Me recibió con la meticulosa cortesía de un inglés habló cálidamente de Francia y Córcega, afirmando que le gustaban en extremo el país y la costa.

Entonces, con cautela, le hice algunas preguntas importantes disfrazadas como un interés alegre en su vida y sus acciones. Contestó sin turbación alguna, me dijo que había viajado mucho por África, India y América, y añadió, riendo:

"¡Vaya!, ¡tuve muchas aventuras!"

Entonces hablamos de deportes y me proporcionó algunos detalles muy curiosos que había reunido sobre la cacería de hipopótamos, tigres, elefantes e incluso gorilas.

"¿Son formidables esas bestias?", pregunté.

Sonrió y contestó:

"No, ¡el hombre fue la peor!"

Se rió abiertamente, con la risa sincera de un inglés satisfecho.

"El hombre fue a menudo mi presa", añadió.

Entonces habló de armas y me invitó a entrar y ver algunos rifles de diferentes marcas. Su sala tenía cortinas de seda negra, bordadas con oro. Grandes flores amarillas se extendían sobre el material negro y brillaban como fuego. El material era japonés, me contó.

En el centro del cuadro más grande algo extraordinario atrajo mi atención. Un objeto negro sobresalía en relieve contra un cuadro de terciopelo rojo. Me acerqué. Era una mano... ¡la mano de un hombre! No el esqueleto blanquecino y bien limpio de una mano, sino una mano negra seca, con las uñas amarillas, los músculos desnudos y restos de sangre seca... sangre embadurnada como barro en los huesos... cortada limpiamente como con un hacha a mitad del antebrazo.

Alrededor de la muñeca estaba sujeta una pesada cadena de hierro, soldada a esta sucia extremidad y sujetándola a la pared con un anillo lo bastante fuerte para detener a un elefante con correa.

"¿Qué es eso?", pregunté.

"Fue mi enemigo más mortal", contestó el inglés tranquilo, "procede de América. La cortaron con una espada, retiraron la piel con un pedernal y la dejaron secar en el sol por una semana. Un buen golpe de mi parte."

Toqué este resto de humanidad, debió pertenecer a un coloso. Los dedos exageradamente largos estaban unidos por enormes tendones, que tenían pedazos de piel aquí y allá. La mano era horrible, despellejada como estaba; hacía que uno instintivamente pensara en alguna forma salvaje y feroz de venganza.

"Debió ser un hombre muy fuerte", dije.

"Sí", contestó el inglés con calma, "pero demostré ser el más fuerte. Yo le puse la cadena para detener la mano."

Pensando que se estaba burlando, dije:

"Pero esa cadena ya no tiene uso ahora; la mano no intentará escapar."

"Siempre ha querido irse, esa cadena era necesaria", contestó gravemente Sir John Rowell.

Le dirigí un vistazo rápido. "¿Tenía que tratar con un demente o sólo estaba haciendo bromas de muy mal gusto?"

Su cara continuaba impenetrable, tranquila y amable. Hablé de otros temas y admiré sus armas. Y sin embargo, observé que se encontraban en la habitación tres revólveres cargados, como si este hombre viviera con el temor constante de ser atacado.

Fui a verlo varias veces más, después ya no fui. Nos habíamos acostumbrado a su presencia; habíamos acabado por ser indiferentes a él.

Pasó un año completo. Entonces una mañana, hacia finales de noviembre, me despertó mi sirviente, diciéndome que habían asesinado a Sir John Rowell durante la noche.

Media hora más tarde entré a la casa del inglés, acompañado por el comisionado y el inspector en jefe de la policía. Abrumado por el pesar y medio perturbado, el criado se quedó llorando en la entrada. Al principio sospeché de él, pero era inocente. Nunca pudimos descubrir al asesino.

Lo primero que vi al entrar a la sala de Sir John fue el cuerpo tirado de espaldas a mitad de la habitación. El chaleco estaba desgarrado; una manga colgaba en pedazos; había señales por todos lados de que había tenido lugar una lucha terrible.

El inglés había muerto por estrangulación. Su cara negra e hinchada, aterradora, parecía tener una expresión de tremendo horror. Sostenía algo entre los dientes apretados, y la garganta, perforada por cinco hoyos que parecían haber sido hechos con colmillos de hierro, estaba cubierta de sangre.

Un médico se nos unió. Examinó minuciosamente las marcas de dedos en la carne y luego extrañado exclamó:

"Podría pensarse que lo estranguló un esqueleto."

Un escalofrío recorrió mi columna vertebral y miré hacia la pared, al lugar en que había visto la horrible mano despellejada. Ya no estaba ahí. La cadena colgaba, rota.

Entonces me incliné sobre el muerto y encontré entre las tensas mandíbulas un dedo de la mano que había desaparecido, cortado, o más bien desgarrado, por los dientes a la altura de la segunda articulación.

Se llevaron a cabo las averiguaciones. No se descubrió nada. No habían tocado la puerta, la ventana ni los muebles. No habían despertado los dos perros vigías.

Éste es, brevemente, el testimonio del criado. Durante el mes anterior, su patrón parecía inquieto. Había recibido muchas cartas que quemaba en cuanto estaban en su poder.

Con una ira que parecía locura, a menudo tomaba su látigo y golpeaba furiosamente la mano marchita encadenada a la pared, que habían retirado, nadie sabía cómo, a la hora del crimen.

Se fue a la cama muy tarde y se encerró con cuidado. Siempre tenía armas al alcance de la mano. A menudo, en la noche se le escuchaba hablando en voz alta, como si riñera con alguien.

Esa noche, por casualidad, no había hecho ningún ruido, y fue sólo cuando venía a abrir las ventanas que el criado descubrió a Sir John tirado y muerto. No sospechaba de nadie.

Le dije a los funcionarios de la ley que conocía al muerto y se llevó a cabo una averiguación minuciosa en la isla. No se descubrió nada.

Ahora bien, esto sucedió una noche tres meses después de que se realizara el asesinato. Fue una pesadilla de lo más horrible. Pensé haber visto una mano, la mano siniestra, correr como un escorpión o una araña por mis cortinas y paredes. Tres veces me desperté y tres veces caí dormido; tres veces vi el horrible objeto galopar por mi habitación, moviendo los dedos como pies.

Al día siguiente me la trajeron, la habían encontrado en el cementerio, sobre la tumba de Sir John Rowell, a quien habían enterrado ahí ya que no pudimos encontrar a su familia. Faltaba el índice. Ésa, señoras, es mi historia. Es todo lo que sé.

Todas las mujeres estaban temblando, aterradas y pálidas.

"Pero", exclamó una, "ése no puede ser el fin; ¡no es una explicación! Ninguna de nosotras podrá cerrar los ojos en la noche si no nos dice lo que cree que ocurrió."

El magistrado sonrió mientras contestaba, censurando sus palabras:

"Por mi lado, señora, ciertamente voy a estropear sus sueños llenos de horror, ya que lo único que creo es que no estaba muerto el verdadero dueño de la mano y que vino a buscarla con la mano que le quedaba. Pero no fui capaz de descubrir cómo lo llevó a cabo. Fue un tipo de vendetta."

Una de las mujeres murmuró:

"No, ¡no pudo ser eso!"

"Les dije que mi explicación no las satisfacería", dijo el magistrado, aún sonriendo.

EL LADRÓN DE CUERPOS

Robert Louis Stevenson

Todas las noches del año, cuatro de nosotros nos sentábamos en el pequeño salón del George en Debenham: el empresario de pompas fúnebres, el posadero, Fettes y yo. A veces había más, pero soplara viento fuerte o suave, lloviera, nevara o helara, los cuatro nos plantábamos en nuestros respectivos sillones. Fettes era un escocés viejo y borracho; obviamente una persona con educación y con algunas propiedades ya que vivía en la ociosidad. Había venido a Debenham hacía años, cuando aún era joven y por la continuidad de su vida ahí lo habían adoptado como lugareño.

Su capa de camelote azul era una antigüedad local, como la espiral de la iglesia. Su lugar en el salón del George, su ausencia de la iglesia, sus viejos vicios, crapulosos y vergonzosos eran aspectos aceptados en Debenham. Tenía algunas opiniones radicales vagas y algunas infidelidades pasajeras, que de vez en cuando enfatizaba con tambaleantes golpes en la mesa. Bebía ron, cinco vasos con regularidad todas las noches, y durante la mayor porción de su visita nocturna al George se sentaba con el vaso en la mano derecha, en un estado de saturación alcohólica melancólica. Lo llamábamos el Doctor, ya que se suponía que tenía algún conocimiento especial de medicina y se sabía que en un apuro había arreglado una fractura o corregido una dislocación, pero aparte de estos detalles mínimos, no sabíamos nada de su personalidad ni sus antecedentes.

Una oscura noche de invierno (habían sonado las nueve algún tiempo antes de que el propietario se nos uniera) había un enfermo en el George, un gran terrateniente de un lugar cercano había sufrido de repente un ataque de apoplejía mientras iba al Parlamento, y se había telegrafiado para que acudiera a su lado un médico de Londres aún más grande que el gran hombre. Era la primera vez que algo así había sucedido en Debenham, ya que el ferrocarril apenas se había inaugurado, y todos estábamos conmovidos por el suceso.

"Él ya vino", dijo el posadero, después de llenar y encender su pipa.

"¿Él?", dije, "¿Quién... hablas del médico?"

"El mismo", contestó nuestro posadero.

"¿Cuál es su nombre?"

"El doctor Macfarlane", dijo el posadero.

Fettes estaba acabando su tercer vaso, totalmente embriagado, ahora cabeceaba, ahora miraba confusamente a su alrededor, pero con la última palabra pareció despertar y repitió dos veces el nombre "Macfarlane", con calma la primera vez, pero con repentina emoción la segunda.

"Sí", dijo el posadero, "ése es su nombre, doctor Wolfe Macfarlane."

Fettes quedó sobrio al instante, sus ojos despertaron, su voz se volvió clara, fuerte y firme, su forma de hablar enérgica y formal. Todos nos sorprendimos por la transformación, como si un hombre se hubiera levantado de entre los muertos.

"Les pido una disculpa", dijo, "me temo que no estaba prestando mucha atención a su conversación. ¿Quién es ese Wolfe Macfarlane?" Y después, cuando escuchó al posadero, "no puede ser, no puede ser", añadió, "y sin embargo, me gustaría bastante verlo cara a cara."

"¿Lo conoce, Doctor?", exclamó el empresario de pompas fúnebres.

"¡No lo quiera Dios!", fue la contestación, "y sin embargo el nombre es poco común, sería demasiado pensar en dos. Dígame, posadero, ¿es viejo?"

"Bueno", dijo el posadero, "es seguro que no es un joven y su cabello es blanco, aunque se ve más joven que tú."

"Sin embargo, es más viejo, años más viejo. Pero", dando un golpe en la mesa, "es el ron lo que ven en mi cara... el ron y el pecado. Tal vez este hombre tenga la conciencia tranquila y buena digestión. ¡Conciencia! Escúchenme, pensarían que soy un cristiano decente, viejo y bueno, ¿no es así? Pero no, yo no. Nunca hablé con hipocresía. Voltaire hubiera hablado así si hubiera estado en mi lugar, a no ser por el cerebro", dándose un golpe estrepitoso en la cabeza calva, "el cerebro estaba claro y activo, me di cuenta y no hice deducciones."

"Si conoces a este médico", me atreví a afirmar, después de una pausa algo larga y atroz, "debo suponer que no compartes la buena opinión del posadero."

Fettes no me prestó atención.

"Sí", dijo con una decisión repentina, "debo verlo cara a cara."

Hubo otra pausa y luego la puerta se cerró con bastante fuerza en el primer piso y se escucharon pasos en la escalera.

"Ése es el doctor", gritó el posadero, "muévete rápido y podrás alcanzarlo."

Sólo eran dos escalones del pequeño salón a la puerta de la antigua posada George; la amplia escalera de roble terminaba casi en la calle. Había espacio para una alfombra turca y nada más entre la entrada y el último giro de la

escalera; pero este pequeño espacio estaba muy bien ilumi-
nado todas las noches, no sólo por la luz sobre la escalera y
la gran lámpara de señales bajo el letrero, sino por el cálido
brillo de la ventana del bar. Con ese brillo, el George se
anunciaba a los transeúntes que pasaban por la fría calle.
Fettes caminó con firmeza a ese punto y nosotros, que íba-
mos detrás, vimos reunirse a los dos hombres, como uno de
ellos lo había expresado, frente a frente. El doctor Macfarlane
era una persona alerta y vigorosa. Su cabello blanco resal-
taba su semblante pálido y plácido, aunque enérgico. Estaba
ricamente vestido con la más fina seda y el lino más blanco,
con una gran cadena de oro para el reloj, y gemelos y anteojos del mismo metal precioso. Traía una corbata de pliegues
anchos, blanca y moteada de lila, y traía en el brazo un
cómodo abrigo de piel. No había duda que representaba
sus años, al mostrar, como lo hacía, la riqueza y el respeto,
y fue un contraste sorprendente ver a nuestro borrachín de
salón, calvo, sucio, lleno de granos y cubierto con su vieja
capa de camelote, enfrentarlo en el fondo de la escalera.

"¡Macfarlane!", dijo en forma más bien ruidosa, más
como un mensajero que como un amigo.

El gran médico se detuvo en el cuarto escalón, como si
lo sorprendiera la familiaridad del saludo y de alguna manera redujera su dignidad.

"¡Toddy Macfarlane!", repitió Fettes.

El hombre de Londres casi se colapsó. Miró fijamente
por un breve momento al hombre frente a sí, miró detrás
de él con algo parecido al miedo y luego dijo en un susurro
sorprendido: "¡Fettes!, ¡tú!"

"Ajá", dijo el otro, "¡yo! ¿Creíste que también estaba
muerto? No es tan fácil ocultar que nos conocemos."

"¡Ssth!", exclamó el médico, "¡ssth!, este encuentro es
demasiado inesperado, puedo ver que perdiste el valor.

Apenas te reconocí al principio, lo confieso, pero estoy feliz, feliz de tener esta oportunidad. Por el momento debe ser hola y adiós en uno, porque mi cabriolé está esperando y no debo faltar al tren, pero debes... ¡ah, sí!, debes darme tu dirección y puedes confiar en recibir noticias pronto de mí. Vamos a hacer algo por ti, Fettes. Me temo que estás pobre, pero nos encargaremos de eso en recuerdo de tiempos pasados, ya que alguna vez cantamos juntos en las cenas."

"¡Dinero!", se lamentó Fettes, "¡dinero tuyo! El dinero que recibí de ti está tirado donde lo arrojé en la lluvia."

El doctor Macfarlane había logrado ponerse en una posición de superioridad y confianza, pero la energía poco común de este rechazo lo devolvió a su confusión inicial.

Una mirada horrible y amenazadora apareció y desapareció en su semblante casi venerable. "Querido amigo", dijo, "que sea como deseas; de ninguna manera tenía la intención de ofenderte. No me gusta entrometerme con nadie. Sin embargo, te dejaré mi dirección..."

"No la deseo... no deseo conocer el lugar que te cobija", lo interrumpió el otro, "escuché tu nombre; temía que pudieras ser tú. Deseaba saber si, después de todo, existe un Dios: ahora sé que no existe ninguno. ¡Vete de aquí!"

Aún se quedó a mitad de la alfombra entre la escalera y la entrada, y el gran médico de Londres, para poder escapar, se veía obligado a pasar por un lado. Era claro que dudaba ante el pensamiento de la humillación. Pálido como estaba, aún tenía un brillo peligroso en los anteojos, pero mientras se detenía indeciso, se dio cuenta que el conductor del cabriolé estaba viendo desde la calle la escena poco común y al mismo tiempo tuvo una visión fugaz de nuestro pequeño grupo en el salón, agrupado en un extremo del bar. La presencia de tantos testigos lo decidió de inmediato a huir. Se agachó, rozó la pared y se lanzó como una serpiente, golpeando la puerta, pero su tribulación no había terminado del todo, ya que mientras pasaba, Fettes lo sujetó del brazo y en un susurro dolorosamente claro le dijo estas palabras: "¿Lo has visto de nuevo?"

El gran doctor rico de Londres lanzó un grito agudo y estrangulado; pasó corriendo junto a su interrogador y con las manos en la cabeza, huyó por la puerta como un ladrón descubierto. Antes de que se nos ocurriera hacer un movimiento, el cabriolé ya estaba en marcha hacia la estación. La escena terminó como un sueño, pero el sueño había dejado pruebas y huellas de su paso. Al día siguiente, el sirviente encontró los finos anteojos de oro rotos en la entrada, y esa misma noche estábamos todos junto a la ventana del bar y Fettes a nuestro lado, sobrio, pálido y con la mirada decidida.

"¡Dios nos proteja, señor Fettes!", dijo el posadero, al ser el primero en recuperar su sentido acostumbrado. "Por todos los cielos, ¿de qué se trata? Fue muy extraño lo que dijo."

Fettes se volteó hacia nosotros, nos vio a cada uno en secuencia, a la cara. "Traten de detener sus preguntas", dijo, "no es seguro hacer enojar a ese hombre, Macfarlane; los que lo han hecho se arrepintieron demasiado tarde."

Y entonces, sin terminar su tercer vaso, mucho menos esperar a los otros dos, nos deseó buenas noches y salió, bajo la lámpara del hotel, hacia la noche oscura.

Los tres volvimos a nuestros lugares en el salón, con el gran fuego y las velas, y mientras recapitulábamos lo que había sucedido, el primer escalofrío pronto se convirtió en el brillo de la curiosidad. Nos sentamos hasta tarde, fue la sesión más tardía de que he sabido en el viejo George. Cada uno de nosotros, antes de partir, tenía su teoría que debía demostrar, y ninguno de nosotros tenía una obligación más importante que seguir la pista al pasado de nuestro compañero condenado, y sorprender el secreto que compartía con el gran médico de Londres. No es por presumir, pero creo que estaba mejor preparado para extraer una historia que cualquiera de mis compañeros del George, y tal vez no exista ahora ningún otro hombre vivo que pueda narrar los siguientes eventos repugnantes y desnaturalizados.

En sus primeros días, Fettes estudió medicina en las escuelas de Edimburgo. Tenía cierto tipo de talento, el talento que rápidamente se apodera de lo que escucha y lo retiene con facilidad para después emplearlo. Trabajaba poco en casa, pero era cortés, atento e inteligente en presencia de sus superiores. Pronto lo seleccionaron como un joven que escuchaba atentamente y recordaba bien; no, por extraño que me pareciera cuando lo supe por primera vez, en esos días era querido y estaba satisfecho con su apariencia exterior. En ese periodo había cierto maestro de anatomía de extramuros, al que asignaré la letra K. Más adelante, su nombre fue muy conocido. El hombre a quien pertenecía ese nombre se movía a escondidas en las calles de Edimburgo, disfrazado, mientras la muchedumbre que aplaudía la ejecución de Blake pedía a gritos la sangre de su patrón. Pero el señor K... estaba entonces en la cima de su fama; disfrutaba de una popularidad que en parte se debía a su talento y gracia, en parte a la incapacidad de su rival, el profesor universitario. Al menos los estudiantes tenían fe absoluta en él, y el mismo Fettes creía, al igual que otros, haber puesto los cimientos para el éxito cuando logró el favor de este hombre cuya fama había sido meteórica. El señor K era un *bon vivant* además de un maestro consumado; le agradaba una alusión astuta no menos que un desempeño cuidadoso. En ambos aspectos, Fettes gozaba de su atención y era merecedor de ella, y para el segundo año, tenía el puesto habitual de segundo demostrador o subasistente en su clase.

En este puesto, encargarse del anfiteatro y del salón de conferencias le correspondía en especial a él. Tenía que responder por la limpieza de las áreas, la conducta de los otros estudiantes y era su deber suministrar, recibir y dividir los diversos cadáveres. Fue con relación a este último asunto (en ese tiempo muy delicado) que el señor K lo alojaba en la misma calle, y hasta en el mismo edificio que la sala de disección. Aquí, después de una noche de placeres turbulentos, con la mano aún temblorosa, la vista empañada y confusa, lo sacaban de la cama en las oscuras horas que preceden al alba del invierno los intrusos sucios y desesperados que abastecían la mesa de disecciones. Abría la puerta a esos hombres, que ya se consideraban infames en todas partes en esa época. Los ayudaba con su carga trágica, les pagaba su sórdido precio y se quedaba solo, después de que se marchaban, con los restos poco favorables de humanidad. De esta escena se marchaba para gozar de otra hora o dos de dormitar, para reparar los abusos de la noche y refrescarse para las actividades del día.

Pocos muchachos hubieran sido más insensibles a las impresiones de una vida que pasaba entre estas muestras de mortalidad. Su mente estaba cerrada a toda consideración general. Era incapaz de interesarse en el destino y suerte de otros, era esclavo de sus propios deseos y bajas ambiciones. Frío, ligero y egoísta al máximo, tenía esa pizca de prudencia, mal llamada moralidad, que evita que un hombre se emborrache de manera inconveniente o cometa un robo por el que lo podrían castigar. Además, ambicionaba cierta consideración de sus superiores y condiscípulos, y no deseaba fallar conspicuamente en el aspecto externo de la vida. Así, sentía placer al obtener alguna distinción en sus estudios, y días tras día prestaba servicios intachables a su patrón. el señor K... Su día de trabajo se compensaba con noches de estrépito, placeres desvergonzados y cuando se alcanzaba el equilibrio, el órgano que llamaba su conciencia se declaraba contento.

La provisión de cuerpos era un problema continuo para él así como para su patrón. En esa clase grande y atareada, el material bruto de los anatomistas se agotaba todo el tiempo, y el trabajo que por esta razón se volvía necesario no sólo era desagradable en sí, sino que amenazaba con peligrosas consecuencias para todos los implicados. Era la política del señor K... no hacer preguntas en sus tratos con este oficio. "Traen el cuerpo, pagamos el precio", solía decir, extendiéndose en la aliteración: *quid pro quo*. De nuevo, y en forma algo profana: "No hacemos preguntas", decía a sus asistentes, "por el bien de la conciencia". No comprendía que los cuerpos eran proporcionados por el crimen del asesinato. Si se le hubiera dicho en palabras, hubiera retrocedido horrorizado, pero la ligereza del discurso en un asunto tan grave era, en sí, una ofensa contra las buenas maneras, y una tentación para los hombres con que trataba. Fettes, por ejemplo, a menudo había hecho hincapié en la extraña frescura de los cuerpos. Lo había sorprendido una y otra vez la apariencia abominable y de canallas de los rufianes que venían con él antes del amanecer, y al unir los distintos aspectos en su pensamiento, tal vez atribuyó un significado demasiado inmoral y categórico a los consejos desaprensivos de su patrón. En pocas palabras, se dio cuenta que su deber tenía tres ramas: tomar lo que traían, pagar el precio y evitar encontrar alguna evidencia de que se había cometido un crimen.

Una noche de noviembre se puso a prueba de repente esta política de silencio. Había estado despierto toda la noche con un atormentador dolor de muelas, recorriendo su habitación como una bestia enjaulada o lanzándose a su cama con furia, y había caído por último en el sueño profundo e inquieto que a menudo sigue a una noche de dolor, cuando lo despertaron tres o cuatro repeticiones irritadas de la señal convenida. Había una débil y brillante luz de luna: hacía un frío intenso, con viento y a punto de helar; la ciudad no se había despertado aún, pero un movimiento indefinible ya preludiaba el ruido y movimiento del día. Los profanadores de tumbas habían venido más tarde de lo usual, y parecían más ansiosos de lo normal por marcharse. Fettes, sintiéndose mal por la falta de sueño, los condujo con la luz hacia la parte de arriba. Escuchó el refunfuño de sus voces irlandesas como en un sueño, y mientras abrían el saco de su triste mercancía, él se inclinó dormitando con el hombro recargado contra la pared; tuvo que sacudirse para encontrar el dinero de los hombres. Mientras lo hacía, sus ojos se dirigieron a la cara del muerto. Se sorprendió: se acercó dos pasos con la vela levantada.

"¡Dios Todopoderoso!", dijo, "¡Es Jane Galbraith!"

Los hombres no contestaron, pero se acercaron a la puerta.

"Les digo que la conozco", continuó, "estaba viva y sana ayer. Es imposible que pueda estar muerta, es imposible que obtuvieran el cuerpo legalmente."

"Claro que sí, señor, está totalmente equivocado", le aseguró uno de los hombres.

Pero el otro dirigió una mirada enojada a Fettes y exigió el dinero de inmediato.

Era imposible no entender la amenaza o exagerar el peligro. El joven tuvo un sobresalto. Balbuceó algunas excusas, contó la cantidad y vio partir a sus aborrecibles visitantes. Apenas se marcharon, volvió para confirmar sus dudas. Por una docena de marcas indudables identificó a la joven con que había bromeado el día anterior. Vio, con horror, marcas en su cuerpo que bien podían indicar violencia. El pánico se apoderó de él y buscó refugio en su cuarto.

Allí reflexionó profundamente en el descubrimiento que acababa de hacer; consideró con serenidad el significado de las instrucciones del señor K... y el peligro en que incurría al interferir en un asunto tan grave y, por último, con penosa perplejidad, determinó esperar el consejo de su superior inmediato, el asistente de la clase.

Era un doctor joven, Wolfe Macfarlane, un gran favorito entre todos los estudiantes inquietos, inteligente, disipado e inmoral al máximo grado. Había viajado y estudiado en el extranjero. Sus modales eran agradables y un poco atrevidos. Era una autoridad en el teatro, diestro en el hielo o en el campo de golf, con los patines y los palos de golf; se vestía con exquisita audacia, y para poner el punto final a su gloria, tenía una calesa y un fuerte caballo trotador. Con Fettes tenía cierta intimidad; de hecho, sus posiciones exigían cierta comunidad de vida. Y cuando los cuerpos estaban escasos, la pareja conducía a lo profundo del campo en la calesa de Macfarlane, visitaban y profanaban algún cementerio solitario y volvían antes del amanecer con su botín a la puerta de la sala de disección.

En esa mañana, Macfarlane llegó algo más temprano de lo que era su costumbre. Fettes lo escuchó y se reunió con él en las escaleras, le contó su historia y le mostró la causa de su alarma. Macfarlane examinó las marcas en el cuerpo.

"Sí", dijo asintiendo con la cabeza, "parece sospechoso".

"Bueno, ¿qué debo hacer?", preguntó Fettes.

"¿Hacer?", repitió el otro. "¿Quieres hacer algo? Yo diría que entre menos se diga, más rápido terminará."

"Alguien más podría reconocerla", interpuso Fettes, "era tan conocida como Castle Rock."

"Esperemos que no", dijo Macfarlane, "y si alguien lo hace... bueno, tú no, ¿comprendes?, y ése será el fin. El hecho es que esto ha estado sucediendo por demasiado tiempo.

Remueve el asunto y harás que K tenga el problema más terrible; tú mismo te meterás en una posición muy vergonzosa. Y también yo, si lo haces. Me gustaría saber cómo se vería cualquiera de nosotros, o qué diablos diríamos en nuestra defensa, en cualquier banquillo de acusados. Para mí, debes saber que hay algo que es cierto... que hablando prácticamente, todos nuestros cuerpos fueron asesinados."

"¡Macfarlane", exclamó Fettes.

"¡Vamos!", se burló el otro, "¡cómo si no lo hubieras sospechado tú mismo!"

"Sospechar es algo..."

"Y demostrarlo es algo distinto. Sí, lo sé, y siento tanto como tú que esto tuviera que venir aquí", dando un golpecito en el cuerpo con su bastón. "Lo segundo mejor para mí es no reconocerlo y", añadió con frialdad, "no lo hago. Tú puedes, si lo deseas. No lo ordeno, pero creo que un hombre de mundo haría lo que yo hago, y puedo añadir que eso es lo que K... esperaría de nosotros. La pregunta es: ¿por qué nos escogió para ser sus asistentes? Y respondo, porque no desea personas habladoras."

Éste era el tono de entre todos los posibles que afectaría la mente de un joven como Fettes. Estuvo de acuerdo en imitar a Macfarlane. El cuerpo de la desafortunada joven fue debidamente diseccionado y nadie hizo comentarios ni pareció reconocerla.

Una tarde, cuando el trabajo del día había terminado, Fettes se dirigió a una popular taberna y encontró ahí a Macfarlane con un extraño. Era un individuo pequeño, muy pálido a pesar de su piel oscura, con ojos muy negros. Su fisonomía prometía intelecto y refinamiento que apenas se notaba en sus modales, ya que al conocerlo más, resultó ser tosco, vulgar y estúpido. Sin embargo, ejercía un control notable sobre Macfarlane, le daba órdenes como un gran rajá, se encolerizaba con la más mínima discusión o tardanza y comentaba con rudeza sobre el servilismo con que lo obedecía. Esta persona tan ofensiva se encaprichó con Fettes de inmediato, lo llenó de bebidas y lo honró con confidencias poco comunes de su antigua carrera. Si fuera cierta una décima parte de lo que le confesó, era un granuja despreciable, y la vanidad del joven se sintió halagada por la atención de un hombre tan experimentado.

"Soy un tipo muy malo", comentó el extraño, "pero Macfarlane es el bueno. Lo llamo Toddy Macfarlane. Toddy, pide otra bebida a tu amigo." O podía ser: "Toddy, muévete y cierra la puerta." "Toddy me odia", dijo de nuevo, "Sí, Toddy, ¡me odias!"

"No digas ese maldito nombre", gruñó Macfarlane.

"¡Escúchalo! ¿Alguna vez has visto a los chicos jugar con una navaja? Le gustaría hacer eso por todo mi cuerpo", comentó el extraño.

"Nosotros los médicos tenemos mejores formas de hacer eso", dijo Fettes, "cuando nos desagrada un amigo estimado, lo disecamos."

Macfarlane levantó la mirada bruscamente, como si la broma apenas llegara a su mente.

La tarde pasó. Gray, ése era el nombre del extraño, invitó a Fettes a unírseles en la cena, ordenó un banquete tan suntuoso que causó un alboroto en la taberna, y cuando todo terminó, ordenó a Macfarlane pagar la cuenta. Ya era tarde cuando se separaron; el individuo llamado Gray estaba totalmente borracho. Macfarlane, sobrio gracias a su furia, meditó en el dinero que se vio obligado a despilfarrar y los menosprecios que tuvo que sufrir. Fettes, con diversos licores alegrando su cabeza, volvió a casa con pasos errantes y la mente vacía. El día siguiente Macfarlane faltó a la clase y Fettes se sonrió al imaginarlo escoltando al intolerable Gray de taberna en taberna. En cuanto sonó la hora de la libertad, visitó un lugar tras otro buscando a sus compañeros de la noche anterior. Sin embargo, no pudo encontrarlos en ninguna parte, así que volvió temprano a sus habitaciones, se fue a dormir pronto y disfrutó del sueño de los justos.

A las cuatro de la mañana lo despertó la bien conocida señal. Descendiendo a la puerta, se sorprendió mucho al encontrar a Macfarlane con su calesa, y en ella uno de esos paquetes largos y espantosos con que se había familiarizado tanto.

"¿Qué?", exclamó, "¿Has andado afuera solo? ¿Cómo lo hiciste?"

Pero Macfarlane lo silenció rudamente, pidiéndole que se concentrara en el negocio. Cuando llevaron el cuerpo al piso de arriba y lo pusieron en la mesa, Macfarlane se comportó al principio como si fuera a marcharse. Entonces hizo una pausa, pareció dudar y dijo: "Será mejor que mires la cara", en un tono de cierta reserva. "Será mejor", repitió, mientras Fettes sólo lo miraba sorprendido.

"Pero, ¿dónde, cómo y cuándo lo obtuviste?", exclamó el otro.

"Mira la cara", fue la única respuesta.

Fettes estaba asombrado; extrañas dudas lo asaltaron. Dirigió la mirada del joven doctor al cuerpo, y luego de nuevo a él. Al final, con un sobresalto, hizo lo que se le pedía. Casi esperaba lo que vieron sus ojos y sin embargo el sobresalto fue cruel. Ver inmóvil con la rigidez de la muerte y desnudo bajo la capa ordinaria de la arpillera, al hombre que había dejado bien vestido, lleno de comida y pecado en el umbral de una taberna, despertó, incluso en el irreflexivo Fettes, algunos terrores de conciencia. Fue un *cras tibi* que resonó en su alma, que dos personas que había conocido acabaran yaciendo en esas mesas heladas. Sin embargo, esos fueron pensamientos secundarios. Su primera preocupación fue respecto a Wolfe. Desprevenido para un reto tan trascendental, no sabía cómo mirar a su camarada a la cara. No se atrevía a verlo a los ojos, su voz no estaba bajo su control ni sabía qué decirle.

Fue Macfarlane quien hizo el primer avance. Se acercó lentamente por detrás y puso la mano con suavidad pero firmeza en el hombro del otro.

"Richardson", dijo, "puede recibir la cabeza."

Richardson era un estudiante que por mucho tiempo había estado ansioso por esa parte del cuerpo humano para diseccionarla. No hubo respuesta y el asesino continuó: "Hablando de negocios, debes pagarme; las cuentas deben cuadrar".

Fettes pudo hablar, con un dejo de su voz: "¡Pagarte!", dijo, "¿Pagarte por esto?"

"Sí. Claro que debes hacerlo. Debes hacerlo de todas formas y por todas las razones posibles", contestó el otro, "no me atrevo a darlo por nada, tú no te atreves a tomarlo gratis; nos comprometería a ambos. Éste es otro caso como el de Jane Galbraith. Entre más incorrecta sea la situación, más debemos actuar como si fuera correcta. Dónde guarda el viejo K... su dinero..."

"Ahí", contestó Fettes roncamente, señalando un aparador en la esquina.

"Entonces, dame la llave", dijo el otro, con calma, extendiendo la mano.

Tuvo un momento de duda, y la suerte estuvo echada. Macfarlane no pudo reprimir una contracción nerviosa, la señal infinitesimal de un alivio inmenso, cuando tuvo la llave entre los dedos. Abrió el aparador, sacó una pluma, tinta y un cuaderno que estaban en un compartimiento, y separó de los fondos en un cajón una suma apropiada a la ocasión.

"Ahora, mira", dijo, "hay un pago hecho, la primera señal de tu buena fe: el primer paso para tu seguridad. Ahora tienes que afianzarlo con un segundo paso. Escribe el pago en el libro, y entonces, tú, por tu parte, podrías desafiar al diablo."

Los siguientes segundos fueron para Fettes una agonía de pensamientos, pero al sopesar sus terrores, triunfó el más inmediato. Cualquier dificultad futura parecía casi bienvenida si podía evitar pelear con Macfarlane. Puso en la mesa la vela que había cargado todo el tiempo y con mano firme escribió la fecha, la naturaleza y la cantidad de la transacción.

"Y ahora", dio Macfarlane, "es justo que te guardes el dinero. Yo ya recibí mi parte. A propósito, cuando un hombre de mundo tiene un poco de suerte, tiene algunas monedas extra en los bolsillos... Me da vergüenza hablar de esto, pero existe una regla de conducta en este caso. No empieces a agasajarte, no compres costosos libros de clase, no pagues viejas deudas; pide prestado y no prestes."

"Macfarlane", empezó Fettes, aún un poco ronco, "he puesto mi cabeza en peligro para hacerte un favor."

"¿Hacerme un favor?", musitó Wolfe, "¡Vamos!, por lo que puedo ver, hiciste lo que te viste obligado a hacer por defensa propia. Supón que me meto en problemas, ¿dónde quedarías tú? Este pequeño asunto surge claramente del primero. El señor Gray es la continuación de la señorita Galbraith. No puedes empezar y luego detenerte. Si empiezas, debes continuar adelante. No hay descanso para los perversos."

Una horrible sensación de negrura y de traición por parte del destino se apoderó del alma del infeliz estudiante.

"¡Dios mío!", dijo, "¿qué he hecho?, y ¿cuándo empecé? Ser nombrado asistente de la clase... en nombre del sentido común, ¿qué tiene de malo eso? Service deseaba el puesto, Service pudo conseguirlo. ¿Estaría él donde yo estoy ahora?"

"Querido amigo", dijo Macfarlane, "¡qué niño eres! ¿Qué mal te ha sucedido? ¿Qué daño puede sucederte si no hablas? ¡Vaya!, ¿sabes qué es esta vida? Existen dos grupos de personas: los leones y los corderos. Si eres un cordero vendrás a recostarte en estas mesas como Gray o Jane Galbraith; si eres un león, vivirás y conducirás un caballo como yo, como K... como todo el mundo que tiene algo de ingenio o valor. Quedas asombrado al principio. Pero, ¡mira a K...! Querido amigo, eres listo y tienes valor. Me caes bien y también a K... Naciste para dirigir la caza, y te digo, por mi honor y mi experiencia de la vida, que en tres días te reirás de todos esos miedosos de la misma manera que un chico de preparatoria lo hace de una broma."

Y al decir eso, Macfarlane se marchó y condujo su calesa por la estrecha calle para ocultarse antes de la luz del día. Así, Fettes se quedó solo con sus remordimientos. Se dio cuenta del terrible peligro en que estaba envuelto. Se dio cuenta, con inexpresable desaliento que no había límite a su debilidad, y que, de concesión en concesión, había caído de ser el árbitro del destino de Macfarlane a su impotente cómplice. Hubiera dado el mundo por ser un poco más valiente en ese momento, pero no se le ocurrió que aún podía ser valiente. El secreto de Jane Galbraith y la maldita anotación en el libro cerraron su boca.

Pasaron las horas, la clase empezó a llegar, entregó los miembros del infeliz Gray a uno u otro de los estudiantes, que los recibieron sin comentarios. Richardson quedó feliz con la cabeza, y antes de que sonara la hora de la libertad, Fettes temblaba de exultación al percibir lo lejos que habían avanzado hacia la seguridad.

Por dos días continuó vigilando, con alegría cada vez mayor, el terrible proceso del encubrimiento.

El tercer día, Macfarlane hizo acto de presencia. Dijo que había estado enfermo, pero compensó el tiempo perdido con la energía con que dirigió a los estudiantes. A Richardson en particular le proporcionó la más valiosa ayuda y consejo, y ese estudiante, animado por los elogios del asesor, ardía en ambiciosas esperanzas y veía que la meta ya estaba a su alcance.

Antes de que terminara la semana se había cumplido la profecía de Macfarlane. Fettes había superado sus terrores y había olvidado su bajeza. Empezó a presumir su valor y había ordenado la historia de tal manera en su mente que podía recordar esos eventos con orgullo poco sano. Veía poco a su cómplice. Por supuesto, se reunían por el asunto de la clase, recibían las órdenes del señor K... juntos. En ocasiones hablaban un poco en privado, y Macfarlane se comportaba en todo momento muy amable y jovial. Pero era claro que evitaba toda referencia a su secreto común, y cuando Fettes le murmuró que había decidido compartir su suerte con los leones, y renunciar a los corderos, sólo le hizo una seña sonriendo de que mantuviera la tranquilidad.

Al final surgió una ocasión que volvió a juntar a la pareja. Al señor K... de nuevo, le faltaban cuerpos, los alumnos estaban ansiosos y era parte de las pretensiones de este maestro siempre estar bien abastecido. En ese momento llegó la noticia de un entierro en el cementerio rústico de Glencorse. El tiempo ha cambiado poco el lugar en cuestión. Entonces se encontraba, como ahora, en un cruce de caminos, fuera del alcance de la voz de las moradas humanas y encerrado entre el follaje de seis cedros. Los únicos sonidos que trastornaban el silencio alrededor de la iglesia rural eran los balidos de las ovejas en las colinas cercanas, las corrientes de agua a ambos lados una sonando armoniosamente entre los guijarros, la otra goteando furtivamente de estanque en estanque; el movimiento del viento en antiguos castaños de montaña en flor, y una vez cada siete días, la voz de la campana y las viejas tonadas del chantre. El Hombre de la Resurrección (para usar un apodo de la época para los ladrones de cuerpos) no se dejaba disuadir por ninguna de las santidades de la piedad acostumbrada. Era parte de su oficio despreciar y profanar los pergaminos y trompetas de las tumbas antiguas, los senderos desgastados por los pies de adoradores y dolientes, y las ofrendas e inscripciones de afecto de los seres amados. En las zonas rurales, donde el amor es con frecuencia más tenaz, y donde algunos vínculos de sangre o amistad unen a toda la sociedad completa de una parroquia, el ladrón de cuerpos, más que sentirse repelido por el afecto natural, era atraído por la facilidad y la seguridad de la tarea. A los cuerpos que se habían puesto en la tierra, con la alegre expectativa de un despertar muy diferente, llegaba la resurrección apresurada e iluminada por lámparas, llena de terror, mediante la pala y el azadón. El féretro era violado, la mortaja rota y los restos melancólicos, envueltos en arpillera, después de ser sacudidos por horas en caminos secundarios sin luna, al final se exponían a las mayores indignidades ante una clase de chicos con la boca abierta.

En forma un poco parecida a dos buitres que descienden súbitamente sobre un cordero moribundo, Fettes y Macfarlane iban a quedar libres en una tumba de ese lugar verde donde el descanso es tranquilo. La esposa de un granjero, una mujer que había vivido por sesenta años, y que sólo había sido conocida por su buena mantequilla y su piadosa conversación, iba a ser desenterrada de su tumba a medianoche y llevada, muerta y desnuda, a esa lejana ciudad que siempre había honrado con su mejor ropa de domingo; el lugar junto a su familia iba a quedar vacío hasta el Día del Juicio Final; sus miembros inocentes y casi venerables expuestos a la curiosidad del anatomista.

Ya avanzada la tarde, los dos se pusieron en marcha, bien arropados en sus capas y con una botella formidable. Llovía sin parar... una lluvia fría, intensa y que lastimaba. De vez en cuando soplaba una ráfaga de viento, pero la cortina de agua que caía impedía que cobrara fuerza. Con todo y la botella, fue un viaje triste y silencioso hasta llegar a Penicuik, donde iban a pasar el tiempo hasta que se hiciera de noche. Se detuvieron una vez, para esconder los implementos en un arbusto espeso, no lejos del cementerio, y se volvieron a detener en el Mercado del Pescador, para hacer un brindis ante el fuego de la cocina y variar los tragos de whiskey con un vaso de cerveza. Cuando llegaron al final de su viaje, les guardaron la calesa, le dieron de comer al caballo y los dos jóvenes médicos se dispusieron a comer en un privado la mejor comida y vino que el establecimiento pudiera ofrecer. Las luces, el fuego, el golpeteo de la lluvia en los vidrios, el frío, el trabajo incongruente que les esperaba, añadía entusiasmo al goce de la comida. Con cada copa aumentaba su cordialidad. Pronto, Macfarlane entregó una pequeña pila de oro a su compañero.

"Un obsequio", dijo, "entre amigos estos pequeños arreglos deberían volar como rayo."

Fettes se guardó el dinero y alabó el sentimiento como un eco. "Eres un filósofo", clamó, "era un tonto hasta que te conocí. Tú y K... entre ustedes, ¡por Dios! Van a hacer un hombre de mí."

"Por supuesto que lo haremos", alabó Macfarlane, "¿Un hombre? Te diré que requería de un hombre que me respaldara la otra mañana. Existen bastantes cobardes de cuarenta años, grandes y pendencieros, que se hubieran enfermado al ver de qué se trataba, pero no tú... conservaste la cabeza. Te observé."

"Bueno, ¿y por qué no?", se jactó Fettes, "No era asunto mío. Por un lado no ganaba nada sino problemas, y por el otro lado podía contar con tu gratitud, ¿te das cuenta?" Y se golpeó la bolsa hasta que sonaron las monedas de oro.

Macfarlane de alguna forma sintió un leve dejo de alarma por esas desagradables palabras. Pudo arrepentirse de haber enseñado a su joven compañero tan bien, pero no tuvo tiempo de interrumpir, ya que el otro continuó ruidosamente en esta vena de alarde:

"Lo importante es no tener miedo. Ahora bien, entre tú y yo, no desear que me cuelguen... es algo práctico; por no hablar de toda la hipocresía, Macfarlane, nací con desprecio. Infierno, Dios, el diablo, lo correcto, lo incorrecto, pecado, crimen y toda la galería de curiosidades antiguas... pueden asustar a los chicos, pero para hombres de mundo como tú y yo, lo despreciamos. ¡Vamos a brindar a la memoria de Gray!"

Para ese momento se estaba haciendo algo tarde. De acuerdo a las órdenes que dieron, les trajeron la calesa a la puerta con ambas lámparas muy brillantes, los jóvenes pagaron la cuenta y salieron al camino. Avisaron que se dirigían a Peebles y condujeron en esa dirección hasta que pasaron las últimas casas del pueblo; entonces, apagando las lámparas, volvieron sobre sus pasos y siguieron un camino secundario hacia Glencorse. No había ruidos, excepto el que causaba su paso, y la lluvia torrencial, incesante y estridente. Estaba oscuro como boca de lobo; aquí y allá una cerca blanca o una piedra blanca los guiaba una corta distancia en la noche, pero la mayor parte del tiempo escogían el camino a su destino solemne y aislado a paso lento y casi a tientas en la oscuridad reinante. En los bosques hundidos que atraviesan la zona del cementerio les falló el último brillo de luz y fue necesario encender un cerillo y volver a prender una de las lámparas de la calesa. Así, bajo los árboles torcidos y rodeados por sombras enormes y en movimiento, llegaron al lugar de su trabajo profano.

Ambos tenían experiencia en estos asuntos, eran fuertes para manejar el azadón y apenas habían pasado veinte minutos en su tarea antes de que se vieran recompensados por un ruido sordo contra la tapa del féretro. Al mismo tiempo, Macfarlane, quien se había lastimado la mano con una piedra, la lanzó despreocupadamente sobre su cabeza. El sepulcro, en que ahora se encontraban casi hasta los hombros, estaba cerca del borde del panteón y habían recargado la lámpara de la calesa contra un árbol pegado junto al banco escarpado que descendía al arroyo, para iluminar mejor su trabajo. La casualidad mostró su buena puntería con la piedra. Se produjo un ruido de cristales rotos y la noche cayó sobre ellos; sonidos sordos y resonantes alternados anunciaron los rebotes de la linterna que caía por el escarpado y su ocasional colisión con los árboles. Una piedra o dos, que se habían desprendido en su descenso rodaron tras ella a la profundidad de la cañada, y luego el silencio, como la noche, reasumió su presencia; podían esforzar al máximo su oído, pero nada se escuchaba excepto la lluvia, ahora marchando con el viento, ahora cayendo constantemente sobre kilómetros de campo abierto.

Estaban tan cerca de terminar su detestable tarea que decidieron que era más prudente completarla en la oscuridad. Exhumaron el féretro y lo abrieron a golpes; metieron el cuerpo en el saco remojado y lo llevaron entre los dos a la calesa; uno se subió para mantenerlo en su lugar y el otro, tomando al caballo por la boca, caminó a tientas junto a la pared y los arbustos hasta alcanzar el camino más amplio, cerca del Mercado del Pescador. Aquí se veía una iluminación poco común, a la que recibieron como la luz del día, con ella lograron que el caballo se moviera a bien paso y empezaron a avanzar hacia el pueblo.

Ambos se habían mojado hasta los huesos durante sus actividades y ahora, mientras la calesa saltaba entre los profundos surcos, el cuerpo que traían entre ellos caía hacia uno y ahora hacia el otro. Con cada repetición del horrible contacto, instintivamente lo rechazaban con la mayor rapidez, y el proceso, aunque era natural, empezó a causar estragos en los nervios de los compañeros. Macfarlane hizo algún comentario repulsivo sobre la esposa del granjero, pero salió de sus labios con resonancia sorda y lo dejaron pasar en silencio. Aún su carga desnaturalizada chocaba a uno y otro lado, y ahora la cabeza se recostaba, como si mostrara confianza, en sus hombros, y luego la arpillera remojada ondeaba helada en sus caras. Un escalofrío hormigueante empezó a poseer el alma de Fettes. Observó el bulto y le pareció más grande que al principio. Procedente de todo el campo y de todas las distancias, los perros de granja acompañaban su paso con aullidos trágicos, y cada vez crecía más en su mente la idea de que se había producido algún milagro sobrenatural, que algún cambio sin nombre había sucedido al cuerpo sin vida y que era por miedo a su carga impía por lo que aullaban los perros.

"Por el amor del cielo", dijo, haciendo un gran esfuerzo para poder hablar, "por el amor del cielo, ¡vamos a prender una luz!"

Al parecer, había afectado a Macfarlane de manera similar, ya que a pesar de que no hizo comentario alguno, detuvo el caballo, pasó las riendas a su compañero, descendió y procedió a prender la lámpara restante. Para ese momento no habían llegado más que al cruce de caminos en Auchendinny. La lluvia caía como si el diluvio estuviera volviendo y no era fácil prender una luz en un mundo de tal humedad y oscuridad. Cuando por fin la oscilante luz azul se transfirió a la mecha, empezó a crecer y a volverse más clara, derramó un amplio círculo de luz brumosa alrededor de la calesa y fue posible que los dos jóvenes se vieran uno al otro y al objeto que traían consigo. La lluvia había moldeado el saco basto con el contorno del cuerpo que estaba dentro, la cabeza se diferenciaba del cuerpo, los hombros estaban claramente moldeados: algo a la vez espectral y humano fijó los ojos de ambos en el compañero fantasmal de su viaje.

Por algún tiempo, Macfarlane se mantuvo inmóvil, sosteniendo la lámpara. Un miedo sin nombre envolvía su cuerpo, como una sábana húmeda, y tensó la piel blanca de la cara de Fettes; en su mente seguía creciendo un miedo que carecía de significado, un horror a lo que no podía ser. Otra pulsación del reloj y hubiera hablado, pero su compañero se le anticipó.

"Eso no es una mujer", dijo Macfarlane, en un murmullo.

"Era una mujer cuando la metimos", susurró Fettes.

"Sostén la lámpara, debo ver su cara", dijo el otro.

Y mientras Fettes tomaba la lámpara, su compañero desató los nudos del saco y bajó la parte que tapaba la cabeza. La luz cayó con mucha claridad en los rasgos oscuros, bien moldeados y las mejillas bien rasuradas de un rostro demasiado bien conocido, a menudo contemplado en sueños por ambos jóvenes. Un alarido salvaje resonó en la noche; ambos saltaron por su lado hacia el camino, la lámpara cayó, se rompió y se apagó. El caballo, aterrado por la conmoción poco usual, saltó y se lanzó hacia Edimburgo al galope, llevando consigo como único ocupante de la calesa, al cuerpo de Gray, hacía mucho muerto y disecado.

UNA HISTORIA DE FANTASMAS

Mark Twain

Tomé una habitación grande, en la parte más alta de Broadway, en un enorme edificio viejo cuyos pisos superiores habían estado totalmente desocupados por años, hasta que yo llegué. El lugar había sido abandonado por largo tiempo al polvo y las telarañas, a la soledad y el silencio. La primera noche que subí a mi alojamiento me sentía como si avanzara a tientas entre las tumbas e invadiera la privacidad de los muertos. Por primera vez en mi vida un miedo supersticioso se apoderó de mí mientras daba la vuelta en un ángulo oscuro de la escalera y una telaraña invisible balanceaba su ligera tela frente a mi cara y se pegaba allí, me estremecí como alguien que ha encontrado un fantasma.

Me dio mucho gusto llegar a mi habitación y cerrar la puerta a los mohos y la oscuridad. Un fuego animado ardía en la chimenea y me senté ante él con un consolador sentimiento de alivio. Por dos horas me senté ahí, pensando en tiempos ya pasados, recordando viejas escenas y convocando caras medio olvidadas de entre las neblinas del pasado, escuchando, en la imaginación, voces que mucho tiempo atrás habían quedado silenciosas para siempre y canciones familiares que nadie canta en la actualidad. Y mientras mis recuerdos se suavizaban en un patetismo cada vez más triste, el chillido del viento en el exterior se suavizaba volviéndose un lamento, el enojado golpeteo de la lluvia contra los cristales disminuía a un murmullo tranquilo, y uno por uno, disminuyeron los ruidos de la calle, hasta que los pasos apresurados del último paseante tardío murieron en la distancia y dejaron silencio tras de sí.

El fuego se había consumido. Una sensación de soledad me recorrió. Me levanté y desvestí, moviéndome de puntillas por la habitación, llevando a cabo con cautela lo que tenía que hacer, como si estuviera rodeado por enemigos dormidos y fuera fatal romper su letargo. Me cubrí en la cama y me quedé escuchando la lluvia, el viento y el crujido débil de persianas distantes, hasta que me arrullaron y me dormí.

Dormí profundamente, no sé por cuánto tiempo. De repente me encontré despierto y lleno de escalofriante expectativa. Todo estaba inmóvil, todo excepto mi corazón... podía escucharlo latir. Al poco rato la ropa de cama empezó a deslizarse hacia el pie de la cama, ¡como si alguien la jalara! No podía moverme, no podía hablar. Aún se deslizaban las cobijas deliberadamente, hasta que mi pecho quedó descubierto. Con un gran esfuerzo las sujeté y las jalé sobre mi cabeza. Esperé, escuché, esperé. Una vez más se inició el jalón constante, y una vez más quedé aletargado durante un siglo de lentos segundos hasta que mi pecho quedó desnudo de nuevo. Al final, recuperé las fuerzas y jalé las cobijas de vuelta a su lugar y las sostuve ahí apretándolas con fuerza. Esperé. Luego sentí un ligero tirón y volví a apretar las cobijas. El jalón se volvió más fuerte convirtiéndose en un tirón constante... cada vez más fuerte. Se soltó de mi mano, y por tercera vez las cobijas se deslizaron. Lancé un gemido, ¡un gemido de respuesta procedió del pie de la cama! Hileras de gotas de sudor aparecieron en mi frente. Yo estaba más muerto que vivo. En un momento escuché un paso pesado en mi habitación (me pareció el paso de un elefante) no era como nada humano. Pero se estaba alejando de mí... había alivio en eso. Escuché que se aproximaba a la puerta (pasaba sin mover la manija ni el cerrojo) y se alejaba entre los tétricos corredores, forzando el piso y las vigas hasta que rechinaban de nuevo con su paso, y luego el silencio reinó una vez más.

Cuando se calmó mi emoción, me dije: "Es un sueño, tan sólo un sueño horrible". Y estuve pensándolo hasta que me convencí de que era un sueño, y entonces una risa de consuelo relajó mis labios y estaba de feliz de nuevo. Me levanté y encendí una luz, y cuando descubrí que la manija y el cerrojo estaban como los había dejado, otra risa tranquilizadora surgió de mi corazón y llegó a mis labios. Tomé mi pipa, la encendí y me estaba sentando ante el fuego cuando cayó de mis nerviosos dedos, la sangre abandonó mis mejillas y mi plácida respiración se detuvo en seco. En las cenizas de la chimenea, al lado de mi propia huella desnuda, ¡se encontraba otra tan grande que en comparación la mía era la de un bebé! Entonces, había tenido un visitante, y quedaban explicadas las pisadas de elefante.

Apagué la luz y volví a la cama, paralizado por el miedo. Me quedé acostado largo tiempo, mirando la oscuridad y escuchando. Entonces oí un sonido chirriante encima de mí, como si arrastraran un cuerpo pesado sobre el piso, luego como si arrojaran el cuerpo y la vibración de la ventana en respuesta a la concusión. Escuché en partes distantes del edificio el golpe amortiguado de las puertas. Escuché, a intervalos, pasos sigilosos que iban y venían por los corredores, y subían y bajaban por las escaleras. A veces esos ruidos se aproximaban a mi puerta, dudaban y se alejaban de nuevo. Escuché el débil sonido de cadenas en pasajes remotos y me puse a escuchar mientras el sonido se acercaba... mientras subía fatigosamente las escaleras, marcando cada movimiento con el sobrante de cadena que caía con un sonido acentuado con cada paso sucesivo mientras avanzaba el espectro que traía las cadenas. Escuchaba oraciones murmuradas, gritos lanzados a medias que parecían sofocados violentamente y el susurro de ropas invisibles, la prisa de alas invisibles. Luego me di cuenta que mi habitación había sido invadida... que no estaba solo. Escuché suspiros y respiraciones alrededor de mi cama, además de misteriosos susurros. Aparecieron tres pequeñas esferas de suave luz fosforescente en el techo directamente sobre mi cabeza, se detuvieron ahí un momento y luego cayeron... Dos de ellas sobre mi cabeza y una sobre la almohada. Me salpicaron, como si fueran líquidas, y se sentían calientes. La intuición me dijo que se habían convertido en gotas de sangre cuando caían... no necesitaba luz alguna para estar seguro. Entonces vi caras pálidas, levemente luminosas y manos blancas levantadas, flotando sin cuerpo en el aire... flotaban un momento y desaparecían. Los susurros cesaron junto con las voces y los sonidos, y les siguió un silencio solemne. Esperé y escuché. Sentía que debía tener una luz o moriría, me sentía débil por el miedo. Lentamente me levanté hasta llegar a sentarme y, ¡mi cara entró en contacto con una mano viscosa! Pareció abandonarme toda la fuerza y volví a caer hacia atrás como herido de muerte. Entonces escuché el susurro de ropa... pareció dirigirse a la puerta y salir.

Cuando todo estuvo inmóvil de nuevo, salí de la cama, me sentía enfermo y débil, y encendí la lámpara con una mano que temblaba como si hubiera envejecido cien años. La luz alegró un poco mi espíritu. Me senté y caí en una contemplación soñadora sobre la gran huella en las cenizas. Más tarde, sus contornos empezaron a desdibujarse y a oscurecerse. Levanté la mirada y la amplia flama estaba apagándose lentamente. En el mismo momento escuché de nuevo las pisadas como de elefante. Me di cuenta que se acercaban, más y más, por los corredores mohosos, y cada vez se oscurecía más la luz. Los pasos llegaron a mi puerta e hicieron una pausa... la luz se había reducido a un azul macilento y todo a mi alrededor se encontraba en una penumbra espectral. La puerta no se abrió y sin embargo sentí un ligero soplo de aire en mi mejilla, y en ese momento fui consciente de una presencia enorme y nebulosa ante mí. La observé fascinado. Un brillo pálido recorría el ser; gradualmente sus pliegues nebulosos tomaron forma... apareció un brazo, luego piernas, después un cuerpo y por último una gran cara triste miró desde el otro lado del gas. Liberado de sus delgadas correas, desnudo, musculoso y atractivo, ¡sobre mí estaba el majestuoso Gigante de Cardiff!

Desapareció toda mi infelicidad... ya que hasta un niño sabría que no podía surgir daño de un semblante tan benigno. Mi espíritu alegre volvió de inmediato, y con comprensión la luz volvió a ser brillante. Nunca un proscrito solitario estuvo tan contento de recibir compañía como yo al saludar al gigante amistoso. Le dije:

"¡Vaya!, ¿sólo eres tú? ¿Sabías que he estado muy asustado las últimas dos o tres horas? Me da mucho gusto verte. Me gustaría tener una silla... Espera, espera, ¡no trates de sentarte en eso!"

Pero fue demasiado tarde. Ya estaba en ella antes de que lo pudiera detener y se cayó... nunca en mi vida había visto una silla astillarse tanto.

"Deténte, deténte, arruinarás todo..."

De nuevo demasiado tarde. Hubo otro estallido, y otra silla se fragmentó en sus elementos originales.

"¡Maldita sea! ¿No tienes juicio alguno? ¿Deseas arruinar todos los muebles del lugar? Espera, espera, tonto petrificado..."

No tenía caso. Antes de que pudiera detenerlo se había sentado en la cama y era una ruina melancólica.

"¿Qué forma de actuar es ésta? Primero vienes moviéndote pesadamente por todos lados y traes una legión de duendes vagabundos contigo para asustarme a muerte y luego, cuando pasé por alto una falta de delicadeza en el vestir, que gente educada no toleraría en ninguna parte excepto en un teatro respetable, y ni siquiera ahí si la desnudez fuera de tu sexo, me lo pagas destruyendo todos los muebles que puedes encontrar para sentarte. Y, ¿por qué lo haces? Te dañas tanto a ti como a mí. Te has fracturado el extremo de la columna vertebral y has llenado el piso de pedazos de tus piernas hasta que el lugar parece un jardín de mármol. Deberías estar avergonzado, eres lo bastante grande para no ser tan tonto."

"Bueno, ya no voy a romper más muebles. Pero, ¿qué puedo hacer? No he tenido oportunidad de sentarme por un siglo", y las lágrimas acudieron a sus ojos.

"Pobre diablo", dije, "no debí ser tan duro contigo. Y además eres huérfano, sin duda. Pero siéntate en el piso ahí (nada más puede soportar tu peso), además, no podemos ser sociables si estás tan arriba de mí; quiero que te sientes donde me pueda subir a este alto banquillo de contabilidad y conversar contigo cara a cara."

Así que se sentó en el piso, prendí una pipa que le di, puse una de mis mantas rojas sobre sus hombros, invertí mi tina para baño de asiento sobre su cabeza, como un casco e hice que estuviera pintoresco y cómodo. Entonces cruzó sus tobillos, mientras yo renovaba el fuego, y expuso la planta plana y con líneas como de panel de abejas, de sus pies y la parte de atrás de sus piernas al agradecido calor.

"¿Qué sucede con la planta de tus pies y la parte de atrás de tus piernas que están tan llenas de líneas?"

"Malditos sabañones... los tengo hasta la parte posterior de mi cabeza, por dormir bajo la granja de Newell. Pero amo el lugar, lo amo como se ama el hogar. No existe una paz para mí como la paz que siento cuando estoy ahí."

Hablamos por media hora, entonces noté que se veía cansado y le hablé de eso.

"¿Cansado?", contestó, "bueno, me parece que así es. Y ahora te contaré todo, ya que me has tratado tan bien. Soy el espíritu del Hombre Petrificado que se encuentra al otro lado de la calle, en el museo. Soy el fantasma del Gigante Cardiff. No tengo descanso, ni paz, hasta que entierren de nuevo ese pobre cuerpo. Ahora bien, ¿qué era lo más natural que hiciera, para que los hombres cumplieran este deseo? ¡Aterrarlos, aparecerme en el lugar en que se encuentra el cuerpo! Así que me aparecí en el museo noche tras noche. Incluso conseguí que me ayudaran otros espíritus. Pero no sirvió de nada, ya que nadie venía al museo a medianoche. Entonces se me ocurrió venir acá y aparecerme un poco en este lugar. Sentía que si al menos me escuchaban una vez, iba a tener éxito, ya que tenía a la más eficiente compañía que la perdición puede proveer. Noche tras noche nos hemos estremecido en estos corredores llenos de moho, arrastrando cadenas, gimiendo, murmurando, pisando con fuerza subiendo y bajando las escaleras, hasta que, para decirte la verdad, quedé muy agotado. Pero cuando vi una luz en tu habitación esta noche, volví a despertar y me dedique a actuar con bastante de la antigua frescura. Pero estoy agotado... totalmente fatigado. ¡Te lo imploro, dame alguna esperanza!"

Me bajé con ligereza en un estallido de emoción, y exclamé:

"Esto trasciende todo!, ¡todo lo que haya sucedido alguna vez! ¡Vaya!, pobre fósil equivocado, te has metido en tantos problemas para nada... has estado rondando un molde de yeso de ti, ¡el verdadero Gigante Cardiff está en Albany![1] ¡Maldita sea!, ¿no reconoces tus propios restos?"

Nunca antes vi extenderse por un rostro una mirada más elocuente de vergüenza, de lastimosa humillación.

El Hombre Petrificado se puso lentamente en pie y dijo:

"Con franqueza, ¿es cierto?"

"Tan cierto como que estoy sentado aquí."

Se quitó la pipa de la boca y la puso en la repisa de la chimenea, luego se quedó parado sin decidirse (de manera inconsciente y por un viejo hábito empujando las manos donde debieron estar los bolsillos, y hundiendo meditativamente la barbilla en el pecho) y por fin dijo:

"Bueno... nunca antes me había sentido tan absurdo. ¡El Hombre Petrificado ha engañado a todos y ahora el vulgar engaño ha terminado por convencer a su propio fantasma! Hijo mío, si queda algo de caridad en tu corazón por un pobre fantasma sin amigos como yo, no permitas que esto se sepa. Piensa cómo te sentirías tú si te hubieras comportado tan tontamente."

Escuché sus majestuosos pasos morir a lo lejos, paso a paso por las escaleras y en la calle desierta, y me sentí afligido porque se hubiera ido, pobre tipo... y más afligido de que se hubiera llevado mi cobija roja y mi tina.

EL HUÉSPED DE DRÁCULA

Bram Stoker

Este cuento independiente de Bram Stoker se iba a incluir en su famosa novela, Drácula. De hecho, se le dio forma de nuevo y se publicó por primera vez en una colección póstuma de cuentos de horror de Stoker.

Cuando comenzamos a conducir, el sol brillaba en Munich y el aire estaba lleno de la alegría de principios del verano. Justo cuando estábamos a punto de partir, Herr Delbrük (el *maître d'hôtel del Quatre Saisons,* donde me estaba hospedando), se acercó, sin sombrero, al carruaje y después de desearme un viaje agradable, le dijo al cochero, mientras aún tenía la mano en la manija de la puerta del carruaje:

"Recuerda volver antes de que anochezca. El cielo está resplandeciente pero hay una corriente en el viento del norte, lo que indica que puede presentarse una tormenta repentina. Pero estoy seguro que no llegarás tarde", sonrió y añadió: "ya sabes qué noche es ésta".

Johann contestó con un enfático "Ja, mein Herr", y tocando su sombrero, se alejó rápidamente. Cuando salimos del pueblo, dije, después de hacerle una señal para que se detuviera:

"Dime, Johann, ¿qué noche es ésta?"

Se persignó mientras contestaba lacónicamente: "Walpurgis nacht". Entonces sacó su reloj, un maravilloso aparato alemán anticuado y tan grande como un nabo, y lo miró, con las cejas unidas y un ligero encogimiento de hombros. Me di cuenta que ésta era su forma de protestar respetuosamente por el retraso innecesario, me acomodé de nuevo en el carruaje y sólo hice un movimiento para que procediera. Arrancó como si deseara recuperar el tiempo perdido. De vez en cuando los caballos parecían levantar la cabeza y oler el aire con recelo. En tales ocasiones, a menudo yo miraba alarmado a mi alrededor. El camino estaba desierto ya que estábamos viajando por un tipo de planicie elevada y barrida por el viento. Mientras avanzábamos, vi un camino que parecía poco usado y que parecía hundirse en un pequeño valle tortuoso. Se veía tan tentador que, incluso corriendo el riesgo de ofenderlo, pedí a Johann que se detuviera... y cuando hizo alto, le dije que me gustaría seguir ese camino. Presentó todo tipo de excusas y a menudo se enojaba mientras hablaba. Esto estimuló mi curiosidad, así que le hice varias preguntas. Contestó a la defensiva y en repetidas ocasiones miraba a su reloj como protesta. Al final le dije:

"Bien, Johann, quiero seguir este camino. No te pediré que vengas a menos que lo desees, pero dime por qué no quieres ir, es todo lo que te pido." Como respuesta, pareció lanzarse del pescante, así de rápido llegó al suelo. Luego, estiró sus manos como súplica y me imploró que no fuera. Tenía apenas el suficiente inglés mezclado con el alemán para que comprendiera el sentido de sus palabras. Parecía a punto de decirme algo... la idea que evidentemente lo asustaba, pero cada de vez se recuperaba, diciendo mientras se enojaba: "¡Walpurgis nacht!"

Traté de discutir con él, pero era difícil discutir con el hombre cuando no conocía su idioma. Era seguro que la ventaja estaba de su lado, ya que aunque empezaba a hablar en inglés, de un tipo muy imperfecto e interrumpido, siempre se emocionaba y empezaba a hablar en su lengua natal... y cada vez que le sucedía, miraba su reloj. Entonces los caballos se impacientaron y olfatearon el aire. Al suceder esto, se puso muy pálido, y mirando asustado a su alrededor, de repente saltó hacia delante, los tomó por las bridas y los condujo a unos siete metros. Los seguí y le pregunté por qué lo había hecho. Por respuesta se persignó, señaló el lugar que habíamos dejado y jaló su carruaje en la dirección del otro camino, indicando una cruz, y dijo, primero en alemán, luego en inglés: "Los enterraron... a los que se mataron a sí mismos".

Recordé la vieja costumbre de enterrar a los suicidas en los cruces de caminos: "¡Ah!, ya veo, un suicida. ¡Qué interesante!" Pero a decir verdad, no podía entender por qué los caballos estaban asustados.

Mientras hablábamos, escuchamos un tipo de sonido entre un gañido y un ladrido. Estaba muy lejos, pero los caballos se inquietaron mucho y obligaron a Johann a dedicarles todo el tiempo para tranquilizarlos. Estaba pálido y dijo: "Suena como un lobo, pero ya no hay lobos ahora aquí".

"¿No?", le dije, cuestionándolo, "¿tiene mucho desde que los lobos anduvieron cerca de la ciudad?"

"Mucho, mucho", contestó, "en primavera y verano, pero con la nieve los lobos han estado aquí no hace mucho."

Mientras estaba acariciando los caballos y tratando de tranquilizarlos, nubes oscuras cruzaron rápidamente el cielo. Desapareció la luz del sol y un poco de aire frío pareció moverse a nuestro alrededor. Sin embargo, sólo era un soplo y más una advertencia que un hecho, ya que el sol volvió a brillar. Johann miró por debajo su mano levantada hacia el horizonte y dijo:

"La tormenta de nieve, vendrá dentro de poco." Entonces miró su reloj de nuevo y de inmediato, mientras sostenía con firmeza las riendas (porque los caballos aún pateaban el suelo inquietos y agitaban la cabeza) se subió a su pescante como si pensara que había llegado el momento para continuar su viaje.

Me sintió un poco obstinado y no me metí de inmediato al carruaje.

"Háblame del lugar adonde conduce este camino", dije mientras señalaba hacia abajo.

De nuevo se persignó y murmuró una oración, antes de contestar: "Es profano".

"¿Qué es profano?", pregunté.

"El pueblo".

"Entonces, ¿hay un pueblo?"

"No, no, nadie vive ahí en cientos de años." Había despertado mi curiosidad. "Pero dijiste que había un pueblo".

"Había".

"¿Dónde está ahora?"

Después de lo cual prorrumpió en una larga historia en alemán e inglés, tan confusa que no pude comprender con exactitud lo que decía, pero pude medio entender que mucho tiempo atrás, cientos de años, los hombres habían muerto ahí y habían sido enterrados en sus tumbas, que se escuchaban sonidos bajo la arcilla y que cuando se abrían las tumbas, encontraban que hombres y mujeres tenían el color de la vida y sus bocas estaban rojas con sangre. Así, apresurándose a salvar sus vidas... sí, ¡y también sus almas!, (y en este punto se persignó) quienes quedaban huyeron a otros lugares, donde los vivos estuvieran vivos y los muertos estuvieran muertos, y no estuvieran... algo.

Era evidente que tenía miedo de decir las últimas palabras. Mientras procedía con su narración, se emocionó cada vez más. Parecía como si su imaginación se hubiera apoderado de él y terminó en un perfecto paroxismo de terror... con la cara pálida, transpirando, temblando y mirando a su alrededor, como si esperara que alguna presencia espantosa se manifestaría ahí en la brillante luz del día de la planicie abierta. Al final, con la agonía de la desesperación, gritó:

"¡Walpurgis nacht!", y señaló el carruaje para que me metiera. Surgió toda mi sangre inglesa ante eso y haciéndome hacia atrás, dije:

"Tienes miedo, Johann, tienes miedo. Vete a casa; yo volveré solo, la caminata me hará bien." La puerta del carruaje estaba abierta. Del asiento tomé mi bastón de roble para caminar, que siempre llevo en mis excursiones de vacaciones, y cerré la puerta, dirigiéndome de vuelta a Munich y dije: "Ve a casa, Johann, 'Walpurgis nacht' no importa a los ingleses."

Los caballos estaban más inquietos que nunca y Johann trataba de detenerlos mientras me imploraba emocionado que no hiciera algo tan estúpido. Me dio lástima el pobre diablo, estaba muy serio, pero al mismo tiempo no pude evitar reírme. Su inglés se había perdido para este momento. En su ansiedad había olvidado que el único medio que tenía para hacer que lo comprendiera era hablar mi idioma, así que farfullaba en su alemán natal. Empezó a ser un poco tedioso. Después de darle la orden, "¡A casa!", me dirigí hacia el cruce y bajé hacia el valle.

Con un gesto de desesperación, Johann dirigió sus caballos hacia Munich. Me recargué en mi bastón y lo miré irse. Lentamente siguió el camino por un rato, entonces llegó a la cima de la colina un hombre alto y delgado. Fue lo que pude ver a la distancia. Cuando se acercó a los caballos, empezaron a saltar y a cocear, entonces relincharon con terror. Johann no pudo detenerlos; se desbocaron en el camino, alejándose furiosamente. Los vi perderse de vista, luego busqué al extraño pero descubrí que también se había marchado.

Con despreocupación, me dirigí por el camino secundario al profundo valle a que se había opuesto Johann. No existía la más mínima razón que yo pudiera ver, para sus objeciones; y creo que caminé por un par de horas sin pensar en el tiempo o la distancia, y ciertamente sin ver persona o casa alguna. Hasta el momento, en lo que se refería al lugar, era la desolación misma. Pero no le presté mucha atención hasta que di la vuelta a una curva del camino, y que encontré una franja de bosque; entonces me di cuenta que me había impresionado inconscientemente la desolación de la región por la que había pasado.

Me senté para descansar y empecé a ver a mi alrededor. Me sorprendió que hiciera bastante más frío que al principio de mi caminata... una especie de sonido como lamento parecía rodearme, y de vez en cuando, muy por encima de mí, algo que parecía un rugido. Al mirar hacia arriba, me di cuenta que grandes nubes espesas se movían rápidamente por el cielo de norte a sur a gran altura. Había señales de una próxima tormenta en algún estrato elevado del aire. Tenía un poco de frío y al pensar que se debía a haberme quedado inmóvil después del ejercicio de la caminata, reasumí mi viaje.

El terreno por donde pasaba ahora era mucho más pintoresco. No había objetos llamativos que el ojo pudiera individualizar, pero en todo se encontraba el encanto de la belleza. Me preocupaba poco el tiempo y fue sólo cuando el crepúsculo se intensificó que empecé a pensar cómo encontraría el camino a casa. La brillantez del día había desaparecido. El aire estaba frío y era más pronunciado el movimiento de las nubes en lo alto. Estaba unido a un sonido como un zumbido lejano, del cual parecía venir a intervalos ese grito misterioso que el conductor había dicho provenía de un lobo. Dudé por un momento. Había dicho que vería el pueblo abandonado, así que seguí, y al final llegué a una amplia extensión de terreno abierto, rodeada por todos lados por colinas. Sus lados estaban cubiertos por árboles que se extendían a la planicie, punteando, en grupos, las laderas y hondonadas más ligeras que aparecían aquí y allá. Seguí con la vista el camino ondulante y vi que se acercaba a uno de los grupos de árboles más denso y se perdía detrás de él.

Mientras veía, se produjo un estremecimiento frío en el aire y la nieve comenzó a caer. Pensé en los kilómetros y kilómetros de terreno yermo que había recorrido y luego me apresuré a avanzar para encontrar refugio en el bosque que estaba adelante. El cielo se hacía cada vez más oscuro, y cada vez caía con más fuerza la nieve, hasta que la tierra ante mí y la que me rodeaba era una alfombra blanca reluciente cuyo borde se perdía en una neblina indefinida. El camino estaba ahí pero mal señalado, y cuando estaba en un terreno nivelado, sus límites no eran tan claros como cuando pasaba entre zanjas y al poco rato descubrí que debí salirme de él ya que me faltó la superficie dura bajo los pies, y me hundí en el pasto y el musgo. Entonces el viento se hizo más fuerte y sopló con mayor potencia, hasta que me vi obligado a correr por delante de él. El aire se volvió helado como el hielo y a pesar del ejercicio empecé a sufrir. Ahora la nieve estaba cayendo tan espesa y giraba tanto a mi alrededor, en torbellinos rápidos, que apenas podía mantener abiertos los ojos. De vez en cuando, el cielo se partía en dos por intensos destellos y en los rayos pude ver frente a mí una gran masa de árboles, principalmente tejos y cipreses, todos cubierto con nieve.

Pronto me encontré bajo el abrigo de los árboles, y ahí, en silencio relativo, pude escuchar el movimiento del aire en las alturas. Para ese momento, la negrura de la tormenta se había mezclado con la oscuridad de la noche. Más tarde, la tormenta parecía estar terminando, sólo llegaba en ráfagas. En estos momentos, el extraño sonido del lobo parecía repetirse como un eco en los muchos sonidos similares a mi alrededor.

De vez en cuando, del otro lado de la masa negra de nubes a la deriva, llegaba un rayo extraviado de luz de luna, que iluminaba el terreno y me mostró que estaba en el borde de una masa densa de cipreses y tejos. Cuando cesó de caer la nieve, salí de ese refugio y empecé a investigar más de cerca. Me parecía que entre tantos cimientos antiguos que había pasado, podría estar en pie una casa, en la que aunque en ruinas, pudiera encontrar algún tipo de refugio por un tiempo. Mientras seguía el borde de la maleza, descubrí un muro bajo que lo rodeaba y siguiéndolo finalmente encontré una entrada. Aquí los cipreses formaban un sendero que conducía a la masa cuadrada de algún tipo de construcción. Sin embargo, en cuanto vi esto, las nubes en movimiento oscurecieron la luna y recorrí el sendero en la oscuridad. El viento debió enfriarse ya que sentí que temblaba mientras caminaba; pero tenía la esperanza de un refugio y avance a tientas sin ver nada.

Me detuve ya que hubo una inmovilidad repentina. La tormenta había pasado, y tal vez en concordancia con el silencio de la naturaleza, mi corazón pareció dejar de latir. Pero sólo fue momentáneo, ya que de repente la luz de la luna se abrió camino entre los árboles, mostrándome que me encontraba en un panteón, y que el objeto cuadrado ante mí era un enorme mausoleo de mármol, tan blanco como la nieve que se encontraba sobre él y a su alrededor. Con la luz de la luna se presentó un feroz soplo de la tormenta, que parecía continuar su camino con un lamento prolongado y de tono bajo, como de muchos perros o lobos. Estaba intimidado y sobresaltado, sentía que el frío crecía perceptiblemente en mí hasta que pareció sujetarme por el corazón. Entonces, mientras la luz de luna aún caía a raudales en el mausoleo de mármol, la tormenta dio muestras de renovarse, como si volviera sobre sus pasos. Impulsado por alguna forma de fascinación, me acerqué al sepulcro para ver qué era y por qué algo de este tipo se encontraba solo en un lugar así. Caminé a su alrededor y leí sobre la puerta dórica, en alemán:

CONDESA DOLINGEN DE GRATZ EN ESTIRIA
BUSCADA Y ENCONTRADA MUERTA 1801

Encima del mausoleo, y al parecer clavada en el mármol sólido (ya que la estructura estaba formada por unos cuantos bloques enormes de piedra) estaba una gran punta o estaca de hierro. Al volver a la parte de atrás vi, grabado en grandes letras rusas:

La muerte viaja rápido.

Había algo tan extraño y sobrenatural sobre todo el asunto que hizo que me sobresaltara y me sintiera muy débil. Empecé a desear, por primera vez, haber seguido el consejo de Johann. En ese momento se me ocurrió un pensamiento, que surgió bajo circunstancias misteriosas y con un terrible sobresalto. ¡Era la noche de brujas!

La noche de brujas, cuando, de acuerdo a la creencia de millones de personas, el diablo anda suelto, cuando las tumbas se abren y los muertos salen a caminar. Cuando todos los seres malignos de tierra, aire y agua tienen fiesta. El conductor había esquivado especialmente este lugar. Era el pueblo deshabitado desde hacía siglos. Era donde se encontraba el suicida, ¡y era el lugar en que me encontraba solo, asustado, temblando de frío en un sudario de nieve con una tormenta salvaje volviendo a prepararse sobre mí! Necesité de toda mi filosofía, toda la religión que me han enseñado, todo mi valor para no hundirme en un paroxismo de terror.

Y ahora un tornado perfecto estalló sobre mí. El suelo tembló como si miles de caballos galoparan estrepitosamente; y esta vez, la tormenta traía en sus alas heladas, no hielo sino grandes granizos que chocaban con tal violencia que parecían proceder de las tiras de cuero de los tiradores de honda baleáricos, granizos que rompieron hojas y ramas, que hicieron que el refugio de cipreses no sirviera más que si sus tallos fueran de algún cereal erguido. Al principio, me apresuré a acercarme a un árbol pero pronto estuve ansioso de dejarlo y buscar el único punto que parecía proporcionar refugio, la profunda entrada dórica del mausoleo de mármol. Ahí, acuclillado contra la voluminosa puerta, logré cierto grado de protección de los golpes de los granizos, ya que ahora sólo se dirigían a mí cuando rebotaban del suelo y de la pared de mármol.

Mientras me recargaba en la puerta, se movió ligeramente y se abrió hacia dentro. Era bienvenido incluso el abrigo de una sepultura en esa tempestad despiadada, y estaba a punto de entrar cuando se presentó el destello de un rayo que iluminó toda la extensión del cielo. En ese instante, como que soy un ser vivo, al dirigir mis ojos a la oscuridad del mausoleo, vi a una hermosa mujer, con mejillas redondas y labios rojos, al parecer dormida en un féretro. Mientras la tormenta se iniciaba, me sujetó algo parecido a la mano de un gigante y me lanzó a la tormenta. Todo fue tan repentino que antes de que me diera cuenta del impacto, moral así como físico, descubrí que los granizos me estaban golpeando. Al mismo tiempo, tuve una sensación extraña y dominante de que no estaba solo. En ese preciso momento se presentó otro destello deslumbrante, que pareció golpear la estaca de hierro que coronaba el mausoleo y fluir hasta la tierra, destruyendo y desmoronando el mármol, como en un estallido de fuego. La mujer muerta se levantó en un momento de agonía, mientras estaba envuelta en llamas, y su amargo grito de dolor quedó ahogado en el fragor del rayo. Lo último que escuché fue esta mezcla de sonidos horribles, ya que de nuevo me sujetó la enorme fuerza y me llevó arrastrando, mientras los granizos me golpeaban y el aire a mi alrededor parecía reverberar con el aullido de los lobos. La última visión que recuerdo fue una masa vaga, blanca y que se movía, como si todas las tumbas que me rodeaban hubieran enviado afuera los fantasmas de sus muertos cubiertos de sábanas, y que se me estuvieran acercando cruzando la neblina blanca de dolorosos granizos.

Gradualmente, tuve un vago inicio de conciencia, luego una sensación de cansancio que era terrible. Por un tiempo no recordaba nada, pero lentamente volvieron mis percepciones.

Mis pies parecían muy atormentados por dolor, y sin embargo, no podía moverlos; parecían estar entumecidos. Tenía una sensación glacial en la parte posterior del cuello y en toda la columna vertebral, y mis oídos, como mis pies, estaban muertos, y sin embargo sufrían tormentos, pero en mi pecho tenía una sensación de calor que era, en comparación, deliciosa. Era una pesadilla, una pesadilla física, si se puede emplear esa expresión, ya que algún gran peso en mi pecho me dificultaba respirar.

Ese periodo de semiinconsciencia pareció durar largo tiempo y cuando se disipó, debí dormirme o desmayarme. Entonces se produjo un tipo de asco, como la primera etapa del mareo y una sensación extraña de liberarme de algo... no sabía de qué. Un vasto silencio me rodeaba como si todo el mundo estuviera dormido o muerto... sólo lo rompía por el jadeo leve de algún animal cerca de mí. Sentí que me raspaba la garganta algo caliente, y entonces me llegó la conciencia de la aterradora verdad, lo que me hizo estremecerme hasta el corazón y envió las sangre como oleada a mi cerebro. Algún animal grande estaba echado sobre mí y ahora estaba lamiendo mi garganta. Tenía miedo de moverme, algún instinto de prudencia me pedía que me mantuviera inmóvil, pero la bestia pareció darse cuenta de que ahora había algún cambio en mí, ya que levantó la cabeza. Con los ojos entrecerrados vi sobre mí los dos grandes ojos ardientes de un lobo gigante. Sus dientes blancos y afilados brillaban en la boca roja y abierta, y podía sentir su cálido aliento, fiero y acre sobre mí.

Por otro lapso de tiempo no pude recordar nada. Luego me di cuenta de un gruñido débil, seguido por un gañido, que se repetía una y otra vez. Entonces, al parecer de muy lejos, escuché un "¡Holoa!, ¡holoa!", como de muchas voces que gritaran al mismo tiempo. Con cautela levanté la cabeza y miré en la dirección de donde procedía el sonido, pero el cementerio bloqueaba mi vista. El lobo aún seguía lanzando gañidos en una forma extraña y un brillo rojo empezó a moverse en el bosquecillo de cipreses, como si siguiera el sonido. Cuando las voces se acercaron, el lobo lanzó gañidos más rápidos y fuertes. Yo temía hacer ruidos o moverme. El brillo rojo se acercó sobre la capa blanca que se extendía en la oscuridad que nos rodeaba. Entonces, repentinamente, de más allá de los árboles llegó al trote una tropa de jinetes portando antorchas. El lobo se levantó de mi pecho y se dirigió al cementerio. Vi que uno de los jinetes (soldados, por el casco y las largas capas militares) levantaba la carabina y apuntaba. Un compañero le golpeó el brazo y escuché la bala zumbar sobre mi cabeza.

Era evidente que había tomado mi cuerpo por el del lobo. Otro vio al animal mientras se escabullía y después disparó. Entonces, a galope, la tropa avanzó, algunos hacia mí, otros siguiendo al lobo mientras desaparecía entre los cipreses cubiertos de nieve.

Cuando se acercaban, traté de moverme, pero no tenía fuerzas, aunque podía ver y oír todo lo que sucedía a mi alrededor. Dos o tres de los soldados saltaron de sus caballos y se arrodillaron junto a mí. Uno de ellos me levantó la cabeza y puso la mano sobre mi corazón.

"¡Buenas noticias, camaradas!", exclamó, "¡su corazón aún late!"

Entonces vertieron algo de brandy en mi boca, lo que me devolvió el vigor y pude abrir los ojos por completo y mirar lo que me rodeaba. Luces y sombras se movían entre los árboles y escuché a los hombres llamarse unos a otros. Se unieron lanzando exclamaciones de miedo, y las luces destellaron mientras los demás salían desordenadamente del cementerio, como hombres poseídos. Cuando los más lejanos se nos acercaron, los que estaban a mi alrededor les preguntaron ansiosamente:

"¿Lo encontraron?"

La contestación llegó apresuradamente:

"¡No!, ¡no! ¡Vámonos... rápido! ¡No es un lugar para que nos quedemos y menos en ésta de todas las noches!"

"¿Qué era?", fue la pregunta, repetida en todos los tonos. Las respuestas eran diversas e indefinidas como si los hombres estuvieran bajo algún impulso común de hablar, y sin embargo, los refrenara algún miedo común a expresar sus pensamientos.

"¡Eso, eso, en verdad!", dijo sin coherencia uno de los soldados, cuya razón se había perdido por el momento.

"Un lobo... ¡y sin embargo no un lobo!", dijo otro estremeciéndose.

"No tiene caso perseguirlo sin la bala sagrada", comentó un tercero con más naturalidad.

"¡Lo merecemos por salir en esta noche! ¡En verdad nos hemos ganado los mil marcos!", fueron las expresiones de un cuarto.

"Había sangre en el mármol roto", dijo otro después de una pausa, "los rayos de ninguna manera la pusieron ahí. Y en cuanto a él... ¿está a salvo? ¡Mira su garganta! Vean, compañeros, el lobo estaba recostado sobre él y mantenía caliente su sangre."

El oficial miró mi garganta y contestó:

"Está bien, la piel no está desgarrada. ¿Qué significa todo esto? Nunca lo hubiéramos encontrado si no fuera por el gañido del lobo."

"¿Qué le sucedió al lobo?", preguntó el hombre que mantenía levantada mi cabeza, y que parecía el menos asustado del grupo, ya que sus manos eran firmes y no temblaban. En la manga tenía la insignia de cabo.

"Volvió a su casa", contestó el hombre, cuya cara estaba pálida y que tembló de terror mientras lanzaba un vistazo a su alrededor lleno de miedo. "Existen suficientes sepulcros en los que puede reposar. ¡Vamos, compañeros, vengan rápido! Marchémonos de este lugar maldito."

El oficial me levantó hasta dejarme sentado, mientras lanzaba una orden; entonces varios hombres me subieron a un caballo. Él saltó a la silla detrás de mí, me tomó en sus brazos, dio la orden de avanzar, y desviando la mirada de los cipreses, nos alejamos en orden militar rápido.

Aún la lengua se rehusaba a obedecerme, y por fuerza estaba silencioso. Debo haberme quedado dormido, ya que lo siguiente que recuerdo fue encontrarme parado, sostenido por un soldado a cada lado. Casi era plena luz de día y en el norte se reflejaba un rayo rojo de luz solar como si fuera un sendero de sangre sobre los montones de nieve. El oficial le estaba diciendo a sus hombres que no dijeran nada de lo que habían visto, excepto que habían encontrado a un inglés desconocido, protegido por un perro grande.

"¡Perro!, ése no era un perro", interrumpió el hombre que había mostrado tanto miedo, "creo que conozco a un lobo cuando lo veo."

El joven oficial contestó con calma: "Dije un perro".

"¡Perro!", repitió el otro con ironía. Era evidente que su valor se estaba elevando con el sol, y señalándome, dijo: "Mira su garganta. ¿Es ésa la obra de un perro, señor?"

Instintivamente levanté la mano a mi garganta y cuando la toqué, grité por el dolor. Los hombres se acercaron para ver, algunos inclinándose desde su silla y de nuevo surgió la voz tranquila del joven oficial:

"Un perro, como dije. Si se dijera algo diferente, tan sólo se reirían de nosotros."

Entonces me montaron detrás de un soldado de caballería y entramos a las inmediaciones de Munich. Aquí nos encontramos con un carruaje que pasaba por ahí, me subieron a él y me llevaron a Quatre Saisons, el joven oficial me acompañó mientras que un soldado nos seguía con el caballo del oficial, y los demás se marcharon a las barracas.

Cuando llegamos, Herr Delbrück recorrió tan rápido los escalones para acercarse a mí que fue evidente que había estado vigilando desde el interior. Tomándome con ambas manos, solícitamente me dirigió al interior. El oficial se despidió y se estaba dando la vuelta para retirarse, cuando me di cuenta de su propósito e insistí en que viniera a mis habitaciones. Frente a un vaso de vino, le di las gracias calurosamente a él y a sus valerosos compañeros por salvarme. Contestó simplemente que estaba muy satisfecho y que Herr Delbrück había hecho lo necesario para que todo el grupo de búsqueda estuviera contento, y ante estas palabras ambiguas, el maître d´hôtel sonrió, mientras el oficial se excusó por su trabajo y se marchó.

"Pero Herr Delbrück", pregunté, "¿cómo y por qué estaban los soldados buscándome?"

Se encogió de hombros como si redujera el valor de lo que había hecho, mientras contestaba:

"Fui muy afortunado en obtener permiso del comandante del regimiento en que serví para pedir voluntarios."

"Pero, ¿cómo supiste que estaba perdido?", pregunté.

"El conductor llegó acá con los restos de su carruaje, que se había volteado cuando los caballos huyeron."

"Pero, ¿seguramente no mandaste un grupo de búsqueda de soldados sólo por eso?"

"¡Ah, no!", contestó, "pero incluso antes de que llegara el cochero, recibí este telegrama del boyardo, de quien eres invitado", y sacó de su bolsa un telegrama que me entregó y decía:

BISTRITZ
CUIDA DE MI INVITADO... SU SEGURIDAD ES MUY
PRECIADA PARA MÍ. SI ALGO LE SUCEDE, O SI SE
PIERDE, NO TE DETENGAS ANTE NADA PARA
ENCONTRARLO Y ASEGURAR SU SEGURIDAD. ES
INGLÉS Y EN CONSECUENCIA, AVENTURERO. EXISTEN
PELIGROS EN LA NIEVE, EN LOS LOBOS Y EN LA
NOCHE. NO PIERDAS UN MOMENTO SI SOSPECHAS
QUE LE PUEDE SUCEDER ALGO. YO RESPALDO TU
APOYO CON MI FORTUNA. DRÁCULA

Mientras sostenía el telegrama en la mano, la habitación pareció girar a mi alrededor, y si el atento *maître d'hôtel* no me hubiera sostenido, creo que hubiera caído. Había algo extraño en todo esto, algo tan fantástico e imposible de imaginar, que en mí creció una sensación de que era en alguna forma el juego de dos fuerzas opuestas... la mera idea vaga de cuáles eran parecía paralizarme de alguna manera. Era seguro que estaba bajo alguna forma de misteriosa protección. Desde un país distante había llegado, justo a tiempo, un mensaje que me salvó del peligro de dormir en la nieve y de las mandíbulas del lobo.

EL BRAZO MARCHITO

Thomas Hardy

I. UNA LECHERA SOLITARIA

Era una lechería con ochenta vacas, y el grupo de lecheros, regulares y suplementarios, estaban trabajando, ya que a pesar de que el momento del año era aún principios de abril y el forraje se encontraba exclusivamente en los prados con agua, las vacas "llenaban la cubeta". La hora era alrededor de las seis de la tarde y al haber terminado con tres cuartas partes de los animales grandes, rojos y rectangulares, había tiempo para un poco de conversación.

"Oí que va a traer a su novia mañana. Hoy llegaron hasta Anglebury".

La voz parecía proceder del vientre de una vaca llamada Cherry, pero quien hablaba era una lechera cuya cara estaba enterrada en el flanco de la bestia inmóvil.

"¿Alguien la ha visto?", dijo otra.

La primera dio una respuesta negativa. "Aunque dicen que tiene las mejillas sonrojadas y un pequeño cuerpo bien formado", añadió, y mientras la lechera hablaba giró su cabeza de manera que pudiera mirar más allá de la cola de su vaca hacia el otro lado del cobertizo, donde una mujer delgada y macilenta de treinta años de edad ordeñaba algo separada del resto.

"Muchos años más joven que él, dicen", continuó la segunda, también con una mirada de reflexión en la misma dirección.

"Entonces, ¿qué tan viejo consideras que es él?"

"Treinta o algo así".

"Más bien cuarenta", interrumpió un lechero cercano con un delantal blanco largo, y con el ala del sombrero sujeta, de manera que se veía como una mujer. "Yo nací antes de que construyeran nuestra Gran Presa, y no recibí el sueldo de un hombre cuando extraía agua ahí."

La discusión se volvió tan cálida que el ronroneo de los chorros de leche se volvió desigual, hasta que una voz desde el vientre de otra vaca gritó con autoridad: "Ya estuvo bien, ¿qué diablos nos importa la edad del granjero Lodge, o su nueva novia? Tendré que pagarle nueve libras al año por la renta de cada uno de los lecheros, sin importar su edad. Sigan con su trabajo o estará oscuro antes de que terminemos. La tarde ya tiene un matiz rosado". Esta persona era el dueño de la lechería, para quien las lecheras y los lecheros trabajaban.

No se volvió a hablar en público sobre la boda del granjero Lodge, pero la primera mujer murmuró bajo su vaca a su vecina: "Esto es difícil para ella", refiriéndose a la lechera delgada y desgastada ya mencionada.

"¡No!", dijo la segunda, "él no le ha hablado a Rhoda Brook por años".

Cuando terminaron de ordeñar, lavaron sus baldes y los colgaron en un soporte con muchas puntas formado, como es normal, por la rama desnuda de un roble, clavada erguida en la tierra y que parecía un colosal cuerno con muchas astas. Entonces la mayoría se dispersó en diversas direcciones hacia sus casas. A la mujer delgada que no había hablado se le unió un niño de doce años más o menos, y los dos se alejaron también del lugar.

Su dirección era distinta a la de los demás, se dirigían a un lugar solitario por encima de los terrenos inundados y no lejos del límite de Egdon Heath, cuyo perfil oscuro era visible en la distancia mientras se acercaban a su hogar.

"Estaban diciendo en el cobertizo que tu padre va a traer mañana a su joven esposa a casa desde Anglebury", hizo notar la mujer, "me gustaría mandarte por algunos artículos al mercado y que te aseguraras de encontrarlos".

"Sí, madre", dijo el niño, "entonces, ¿se casó mi padre?"

"Sí... Puedes darle un vistazo y decirme cómo es, si la ves".

"Sí, madre".

"Si es de tez oscura o clara, y si es alta, tan alta como yo. Si parece una mujer que ha tenido que trabajar para vivir o si siempre ha sido rica y nunca ha hecho nada, y si muestra señales de ser una dama, como espero que sea".

"Sí".

Subieron la colina en el crepúsculo y entraron a la cabaña. Estaba construida con paredes de barro, cuya superficie habían desgastado muchas lluvias formando canales y depresiones que no dejaban ver nada de la superficie plana original, mientras que en el techo de paja asomaba una viga como un hueso sobresaliendo de la piel.

Ella estaba arrodillada en la esquina de la chimenea, ante dos pedazos de turba puestos juntos con brezo en la parte interna, soplando las cenizas al rojo vivo con su aliento hasta que se elevaron las flamas. El resplandor iluminó sus mejillas pálidas e hizo que sus ojos oscuros, que en un tiempo habían sido hermosos, parecieran hermosos de nuevo. "Sí", continuó, "ve si es de tez oscura o clara, y si puedes notar si sus manos son blancas; si no, ve si parece que hubieran hecho trabajo de casa o son como las de una lechera, como las mías".

El chico lo prometió de nuevo, sin prestar atención esta vez, su madre no se dio cuenta que estaba haciendo una muesca con su navaja de bolsillo en el respaldo de haya de la silla.

II. LA JOVEN ESPOSA

El camino de Anglebury a Holmstoke es plano en general, pero existe un lugar donde una ascensión pronunciada rompe la monotonía. Los granjeros que se dirigen a casa desde el viejo pueblo donde está el mercado y que trotan el resto del camino, hacen avanzar al paso a sus caballos en esta pequeña pendiente.

La siguiente tarde, cuando el sol aún estaba brillante, una hermosa calesa nueva con la carrocería de color limón y llantas rojas, avanzaba hacia el oeste por la carretera plana siguiendo a una poderosa yegua. El conductor era un pequeño terrateniente en la plenitud de la vida, muy bien rasurado, como un actor, su cara del tono azul bermellón que tan a menudo favorece el semblante de un granjero próspero cuando vuelve a casa después de un trato exitoso en el pueblo. Junto a él estaba sentada una mujer, muchos años más joven; de hecho, casi una chica. Su cara tenía aspecto fresco, pero era de una cualidad totalmente diferente... suave y fugaz, como la luz bajo un montón de pétalos de rosa.

Pocas personas viajaban de esta forma, ya que no era un camino principal, y la larga cinta blanca de grava que se extendía ante ellos estaba vacía, a excepción de una pequeña mancha de poco movimiento, que al final se convirtió en la figura de un niño, que avanzaba a paso de caracol y continuamente veía hacia atrás de él... siendo el pesado bulto que cargaba una excusa, si no una razón, de su lentitud. Cuando la calesa disminuyó la velocidad en la parte de baja de la cuesta ya mencionada, el caminante estaba sólo unos cuantos metros adelante. Mientras sostenía el bulto grande poniendo una mano en su cadera, se dio la vuelta y miró directamente a la esposa del granjero como si pudiera leer todo sobre ella, mientras avanzaba junto al caballo.

El sol bajo daba por completo en la cara de ella, dando nitidez a cada característica, matiz y contorno, desde la curva de su pequeña nariz al color de sus ojos. El granjero, aunque parecía sorprendido por la presencia persistente del chico, no le ordenó que dejara el camino y así el chico los precedió sin dejar de verla con su dura mirada, hasta que llegaron a la parte alta de la ascensión, cuando el granjero se lanzó al trote con expresión de alivio en sus rasgos, sin mostrar haberse dado cuenta del chico.

"¡Cómo se me quedó mirando este muchacho!", dijo la joven esposa.

"Sí, querida, me di cuenta".

"Es alguien del pueblo, me imagino".

"Alguien de la zona. Creo que vive con su madre a un kilómetro o dos".

"Sin duda sabe quién eres".

"Ajá, debes esperar que se te queden mirando así al principio, mi hermosa Gertrude".

"Yo... sin embargo, creo que el pobre chico se nos pudo quedar mirando con la esperanza de que lo ayudáramos con su pesada carga, más que por curiosidad".

"¡Ah, no!", le dijo su marido sin pensarlo, "esos chicos de pueblo pueden cargar 50 kilos una vez que los tienen en la espalda, además, su saco tenía más tamaño que peso. Ahora bien, otros dos kilómetros y te podré mostrar nuestra casa a la distancia si no está demasiado oscuro antes de que lleguemos ahí." Las ruedas giraron y volaron partículas de los bordes como antes, hasta que apareció una casa blanca de grandes dimensiones, con edificios de granja y almiares en la parte posterior.

Mientras tanto, el chico había acelerado el paso y girado por una desviación a kilómetro y medio antes de la granja blanca, ascendió hacia los pastizales más secos y continuó hasta la cabaña de su madre.

Ella había llegado a casa después de la ordeña del día en la distante lechería, y estaba lavando coles en la entrada, bajo la luz menguante. "Sostén la red un momento", ordenó sin decirle nada antes en cuanto llegó el niño.

Él arrojó el bulto, sostuvo el borde de la red de las coles, y mientras llenaba la malla con las hojas húmedas, continuó:

"Bueno, ¿la viste?"

"Sí, con claridad".

"¿Es elegante?"

"Sí, y más. Una completa dama".

"¿Es joven?"

"Bueno, está crecida y sus formas son las de una mujer".

"Por supuesto. ¿De qué color es su cabello y su cara?"

"Su cabello es algo claro y su cara tan bonita como la de una muñeca viva".

"Sus ojos, entonces, ¿no son oscuros como los míos?"

"No, son más bien azules, y su boca es muy agradable y roja, y cuando sonríe, sus dientes son blancos".

"¿Es alta?", dijo la mujer cortante.

"No lo puede ver. Estaba sentada."

"Entonces ve mañana a la iglesia de Holmstoke: es seguro que va a estar ahí. Ve temprano y fíjate cuando entre, ven a casa y dime si es más alta que yo".

"Muy bien, madre. Pero, ¿por qué no vas y la ves tú misma?"

"¡Ir yo a verla! No levantaría la mirada para verla si pasara por mi ventana en este instante. Estaba con el señor Lodge, por supuesto. ¿Qué hizo o dijo él?"

"Lo mismo que siempre".

"¿No te hizo caso?"

"Ninguno".

Al día siguiente, la madre le puso una camisa limpia al chico y lo mandó a la iglesia de Holmstoke. Llegó al antiguo y pequeño edificio cuando apenas abrían la puerta, y fue el primero en entrar. Se sentó junto a la pila bautismal, observando a todos los feligreses. El rico granjero Lodge entró casi al final, y su joven esposa lo acompañó, recorriendo el pasillo con la timidez natural de una mujer modesta que se presenta por primera vez. Como la mirada de otros estaba fija en ella, no se destacó la mirada fija del joven.

Cuando llegó a su casa, su madre le dijo: "¿Bueno?", antes de que entrara en la habitación.

"No es alta. Es más bien chaparra", contestó.

"¡Ah!", dijo la madre con satisfacción.

"Pero es muy hermosa, mucho. De hecho, es encantadora". Era evidente que la frescura juvenil de la esposa del pequeño terrateniente había causado impresión incluso en la naturaleza algo dura del chico.

"Eso es todo lo que deseo escuchar", dijo la madre rápidamente, "ahora extiende ese mantel. La liebre que atrapaste está muy suave, pero asegúrate que nadie te atrape... No me dijiste cómo son las manos de ella".

"Nunca las vi. No se quitó los guantes".

"¿Qué traía puesto esta mañana?"

"Sombrero blanco y capota color plata. Ésta crujía y zumbaba tan fuerte cuando rozaba el asiento de la iglesia que la dama se sonrojó mucho más que antes por la vergüenza del ruido, y la jaló para evitar que tocara el asiento, pero cuando se acomodó en el asiento, hizo más ruido que nunca. El señor Lodge parecía complacido, se le salió el chaleco y sus grandes sellos de oro colgaron como los de un señor, pero ella parecía desear que su ruidosa capota estuviera en cualquier parte, menos sobre ella".

"¡Ella no! Sin embargo, será suficiente por ahora".

Estas descripciones de la pareja recién casada continuaron de tiempo en tiempo por parte del chico a solicitud de su madre, después de cada encuentro casual que tuviera con ellos. Pero Rhoda Brook, aunque hubiera podido ver a la joven señora Lodge por sí misma con solo caminar un par de kilómetros, no hubiera intentado una excursión en la dirección en que se encontraba la granja. Tampoco hablaba nunca mientras ordeñaba en la lechería del segundo campo externo del granjero Lodge sobre el tema del segundo matrimonio. El lechero, que rentaba las vacas de Lodge, y conocía perfectamente la historia de la lechera alta, con varonil bondad siempre evitaba que las murmuraciones en el cobertizo de las vacas molestaran a Rhoda. Pero la atmósfera del lugar estuvo llena del tema durante los primeros días de la llegada de la señora Lodge. Gracias a las descripciones de su hijo y a las palabras casuales de otros ordeñadores, Rhoda Brook pudo formarse una imagen mental de la señora Lodge que era tan realista como una fotografía.

III. UNA VISIÓN

Una noche, dos o tres semanas después de la vuelta de los novios, cuando el niño se había marchado a la cama, Rhoda se sentó largo tiempo frente a las cenizas de turba que había jalado frente a ella para apagarlas. Contemplaba con tanta intención a la nueva esposa, como se la presentaba el ojo de su mente sobre las cenizas, que olvidó el paso del tiempo. Al final, cansada por el trabajo del día, también se retiró.

Pero la figura que la había obsesionado tanto durante ése y los días anteriores no iba a desaparecer durante la noche. Por primera vez Gertrude Lodge visitó en sus sueños a la mujer que suplantaba. Rhoda Brook soñó (ya que no se podía creer su aseveración de que en realidad la vio antes de quedarse dormida) que la joven esposa, en el vestido de seda pálida y la capota blanca, pero con los rasgos horriblemente desfigurados, y arrugados, como por vejez, estaba sentada sobre su pecho mientras estaba recostada. La presión del cuerpo de la señora Lodge aumentó, los ojos azules observaban con crueldad su cara, y entonces la figura acercó la mano izquierda de manera que el anillo de boda que traía brillaba ante los ojos de Rhoda. Enloquecida mentalmente, y casi sofocada por la presión, la mujer dormida luchó; el íncubo, aún observándola, se retiró al pie de la cama; sin embargo, sólo para acercarse poco a poco, volver a sentarse y exponer su mano izquierda como antes.

Abriendo la boca para respirar, Rhoda, en un último esfuerzo desesperado, balanceó hacia fuera su mano derecha, sujetó al espectro frente a ella por el molesto brazo izquierdo y lo torció lanzando a la aparición hacia el piso, sentándose mientras lo hacía con un grito débil.

¡Cielo misericordioso!", gritó, sentándose en el borde de la cama sudando frío, "¡ése no fue un sueño, estuvo aquí!"

Todavía podía sentir el brazo de su antagonista en la mano, le parecía que sentía la misma carne y hueso. Miró el piso adonde había lanzado al espectro, pero no se veía nada.

Rhoda Brook ya no durmió esa noche, y cuando fue a ordeñar al día siguiente, notaron lo pálida y ojerosa que se veía. La leche que extraía temblaba en el balde, ya que su mano aún no se había tranquilizado y retenía una sensación del brazo. Fue a su casa a desayunar tan cansada como si fuera la hora de la cena.

"¿Qué fue ese ruido en tu cuarto anoche, madre?", dijo su hijo, "¡seguro, te caíste de la cama!"

"¿Escuchaste caer algo? ¿A qué hora?"

"Cuando el reloj dio las dos".

No pudo explicarlo y cuando terminó la comida, se dedicó silenciosamente a los deberes del hogar, el niño la ayudó ya que odiaba salir al campo en las granjas y ella le consintió la aversión. Entre las once y las doce, al mediodía, sonó la puerta del jardín y levantó la mirada a la ventana. Al final del jardín, dentro de la entrada, estaba la mujer de su visión. Rhoda parecía paralizada.

"¡Ah, dijo que vendría!", exclamó el chico, también mirándola.

"¿Lo dijo cuándo?, ¿cómo es que nos conoce?"

"La he visto y hablado con ella. Conversé ayer con ella".

"Te dije", le dijo la madre, ruborizada por la indignación, "que nunca hablaras con nadie de esa casa, y que tampoco te acercaras al lugar".

"No le hablé hasta que me habló. Y no me acerqué al lugar. La encontré en el camino".

"¿Qué le dijiste?"

"Nada. Ella dijo: '¿Eres el pobre niño que tuvo que traer la carga pesada del mercado?' Miró mis botas y dijo que no mantendrían secos mis pies si pisaba algo húmedo, ya que estaban agrietadas. Le dije que vivía con mi madre y que teníamos suficiente quehacer para mantenernos; así sucedió. Entonces ella dijo: 'Voy a venir a traerte unas botas mejores y veré a tu madre'. Ella da objetos a otras personas del valle aparte de nosotros".

La señora Lodge estaba cerca de la puerta para ese momento... no con su ropa de seda como Rhoda la había soñado en su recámara, sino en un sombrero matutino y capa de material común ligero, que le quedaba mejor que la seda. En el brazo traía un cesto.

Aún era fuerte la impresión que había quedado de la experiencia de la noche. Brook casi esperaba ver las arrugas, el desdén y la crueldad en la cara de su visitante. Se hubiera escapado de una entrevista, si hubiera sido posible. Sin embargo, no había puerta posterior en la cabaña, y en un instante el chico levantó el pestillo a la llamada suave de la señora Lodge.

"Veo que llegué a la casa correcta", dijo, mirando de reojo al chico y sonriendo, "pero no estaba segura hasta que abriste la puerta".

La figura y la acción fueron como las de una fantasma, pero su voz era indescriptiblemente dulce, su mirada tan cautivadora, su sonrisa tan tierna, tan diferente a la de la visitante nocturna de Rhoda, que ésta última apenas podía creer en la evidencia de sus sentidos. Estaba en verdad contenta de que no hubiera huido por puro aborrecimiento, como hubiera deseado. En su canasta, la señora Lodge traía el par de botas que le había prometido al chico y otros artículos útiles.

Por esas pruebas de un sentimiento afable hacia ella y lo suyo, Rhoda se reprochó amargamente. Esta inocente joven debería tener su bendición no su maldición. Cuando se marchó, una luz pareció dejar la vivienda. Dos días después volvió para saber si las botas eran del tamaño adecuado, y menos de dos semanas visitó de nuevo a Rhoda. En esta ocasión, el chico estaba ausente.

"Camino mucho", dijo la señora Lodge, "y tu casa es la más cercana fuera de nuestra parroquia. Espero que te encuentres bien. Te ves desmejorada".

Rhoda dijo que estaba bastante bien, y a decir verdad, aunque era la más pálida de las dos, había más fuerza de la que soporta todo en sus facciones bien definidas y en su cuerpo grande, que en la joven de mejillas suaves ante ella. La conversación se volvió confidencial sobre sus poderes y debilidades, y cuando la señora Lodge se estaba marchando, Rhoda dijo: "Espero que el aire de aquí le siente bien, señora, y que no sufra por la humedad de los campos anegados".

La joven contestó que no había mucha duda al respecto, ya que su salud general era, normalmente, buena. "Sin embargo, me haces recordar", añadió, "que tengo un pequeño mal que me desconcierta. No es nada serio, pero no puedo entenderlo".

Se descubrió la mano y el brazo izquierdos, y el perfil que estaba frente a la mirada de Rhoda era el original exacto de la extremidad que había visto y sujetado en su sueño. Sobre la superficie rosa del brazo se encontraban leves marcas de un color poco sano, como si hubieran sido producidas por un apretón tosco. Los ojos de Rhoda quedaron fijos en las decoloraciones; se imaginó ver en ellos la forma de sus cuatro dedos.

"¿Cómo sucedió?", preguntó en forma maquinal.

"No puedo decirlo", contestó la señora Lodge, agitando la cabeza. "Una noche, cuando estaba profundamente dormida, soñando que estaba en algún lugar extraño, tuve de repente un dolor en el brazo y fue tan doloroso que me desperté. Debí golpearme en el día, supongo, aunque no recuerdo haberlo hecho." Y añadió riendo: "Le dije a mi querido marido que se ve como si hubiera tenido un ataque de ira y me hubiera golpeado ahí. Supongo que pronto desaparecerá".

"¡Ajá! Sí... ¿en qué noche sucedió?"

La señora Lodge lo consideró y dijo que podía haber sido quince días antes de esa mañana. "Cuando me desperté, no podía recordar dónde estaba", añadió, "hasta que el reloj al dar las dos me lo recordó".

Había mencionado la noche y la hora del encuentro espectral de Rhoda, y Brook se sintió culpable. La sencilla revelación la sorprendió, no pensó en la monstruosidad de la coincidencia, y todo el paisaje de esa espantosa noche volvió con el doble de intensidad a su mente.

"¿Podría ser", se dijo a sí misma, cuando su visitante se hubo marchado, "que ejerza un poder maligno sobre las personas contra mi propia voluntad?" Sabía que disimuladamente la llamaban bruja desde su pecado, pero nunca había comprendido por qué le habían asignado ese estigma en particular. ¿Podía ser ésta la explicación y que algo así había sucedido antes?

IV. UNA SUGERENCIA

El verano continuó y Rhoda Brook casi temía encontrarse de nuevo con la señora Lodge, a pesar de que sus sentimientos hacia la joven esposa equivalían más o menos a afecto. Algo en su propia individualidad parecía condenar a Rhoda del crimen. Sin embargo, la fatalidad a veces dirigía los pasos de ella a las afueras de Holmstoke siempre que dejaba la casa para cualquier propósito que no fuera su trabajo diario y así sucedió que su siguiente encuentro fue en el exterior. Rhoda no pudo evitar el tema que la había desconcertado tanto y después de sus primeras palabras, balbuceó: "Espero que... ¿su brazo está bien de nuevo, señora?" Había notado consternada que Gertrude Lodge llevaba el brazo inmóvil.

"No, no está bien del todo. De hecho, no está mejor de ninguna manera, más bien está peor. A veces me duele horriblemente".

"Tal vez sea mejor que vaya a ver a un médico, señora".

Contestó que ya había visto a un médico. Su marido había insistido en que fuera con uno. Pero el cirujano no pareció entender lo que le sucedía a la extremidad dañada en lo absoluto, le pidió que la remojara en agua caliente y lo hizo, pero el tratamiento no hizo ningún bien.

"¿Me deja ver el brazo?", dijo la lechera.

La señora Lodge se subió la manga y mostró el lugar, que estaba a unos cuantos centímetros sobre la muñeca. En cuanto Rhoda Brook lo vio, a duras penas pudo conservar la calma. No había nada que la relacionara con la herida, pero el brazo en el sitio se veía marchito y el contorno de los cuatro dedos aparecía más claro que la ocasión anterior. Es más, pensó que estaban impresas en la posición relativa exacta de sus dedos sobre el brazo en el trance nocturno; el primer dedo hacia la muñeca de Gertrude, y el cuarto hacia el codo.

Gertrude también parecía haberse dado cuenta de a qué se parecía la impresión desde su último encuentro. "Casi parecen marcas de dedos", dijo, añadiendo con una tímida risa, "mi marido dice que es como si una bruja, o el diablo mismo, me hubiera sujetado y destruido la carne".

Rhoda se estremeció. "Es pura imaginación", dijo apresuradamente, "no me preocuparía si fuera tú".

"No me preocuparía", dijo la joven, titubeando, "si no tuviera la noción de que hace que mi marido... me tenga aversión... no, que me ame menos. Los hombres piensan mucho en la apariencia personal".

"Algunos lo hacen... él es uno".

"Sí y estaba muy orgulloso de la mía, al principio".

"Mantén el brazo oculto ante él".

"¡Ah!, ¡sabe que la desfiguración está ahí!" Trató de ocultar las lágrimas que llenaban sus ojos.

"Bueno, señora, sinceramente deseo que desaparezca pronto".

Y así la mente de la lechera se encadenó de nuevo al tema como si fuera por un hechizo horrible mientras volvía a casa. Aumentó la sensación de haber sido culpable de un acto maligno, dispuesta como estaba a ridiculizar su propia superstición. En el fondo de su corazón, Rhoda no se oponía del todo a una ligera disminución de la belleza de su sucesora, sin importar el medio por el que había sucedido, pero no deseaba inflingirle dolor físico. Ya que a pesar de que esta joven había vuelto imposible cualquier reparación que Lodge pudo tener hacia Rhoda por su conducta pasada, todo resentimiento por la usurpación inconsciente había desaparecido de la mente de la mujer.

Si la dulce y afectuosa Gertrude tan sólo se enterara del sueño en su recámara, ¿qué pensaría? No informarle parecía traición debido a su cordialidad, pero no podía decirle por su propia decisión... ni podía imaginar un remedio.

Meditó en el asunto la mayor parte de la noche y al día siguiente, después de la ordeña de la mañana, se dispuso a ver de nuevo a Gertrude Lodge si podía, al estar poseída por una fascinación repugnante. Al observar la casa desde lejos, la lechera por fin pudo discernir a la esposa del granjero en un paseo que daba sola... tal vez para unirse a su marido en algún campo distante. La señora Lodge se dio cuenta de su presencia y avanzó a medio galope hacia ella.

"¡Buenos días, Rhoda!", dijo Gertrude Lodge, cuando se acercaba. "Iba a visitarte".

Rhoda se dio cuenta que la señora Lodge sostenía las riendas con algo de dificultad.

"Espero... el brazo malo", dijo Rhoda.

"Me dicen que tal vez existe una forma en que podría averiguar la causa, y tal vez la cura", contestó la otra ansiosamente, "ir con un sabio en Egdon Heath. No saben si aún está vivo... y no puedo recordar su nombre en este momento, pero me dijeron que sabías más sobre sus movimientos que nadie en este lugar y que me dirías si aún se le podía consultar. ¡Dios mío!, ¿cuál era su nombre? Tú lo sabes".

"¿No es el nigromante Trendle?", dijo su delgada compañera, poniéndose pálida.

"Trendle... sí. ¿Está vivo?"

"Así lo creo", dijo Rhoda con renuencia.

"¿Por qué lo llamas nigromante?"

"Bueno... dicen... solían decir que... que tiene poderes que otras personas no tienen".

"¡Ah, cómo puede la gente ser tan supersticiosa como para recomendar una persona de ese tipo! Pensé que se referían a un curandero. Ya no voy a tomarlo en cuenta".

Rhoda parecía aliviada y la señora Lodge se marchó. La lechera que estaba reflexionando desde el momento en que escuchó que se le mencionaba como referencia de este hombre, que debía haber un sentimiento sarcástico entre sus compañeros de trabajo de que una hechicera debería saber el paradero del exorcista. Entonces, sospechaban de ella. Poco tiempo atrás no le hubiera importado a una mujer con su sentido común. Pero ahora tenía una razón obsesionante para ser supersticiosa, y se había apoderado de ella el miedo repentino de que el nigromante Trendle pudiera nombrarla como la influencia maligna que estaba dañando a la hermosa persona de Gertrude, y así causar que su amiga la odiara para siempre y la tratara como a algún demonio con forma humana.

Pero no todo había terminado. Dos días después, una sombra cruzó la forma que creaba el sol vespertino al cruzar la ventana sobre el piso de Rhoda Brook. La mujer abrió la puerta de inmediato, casi sin aliento.

"¿Estás sola?", preguntó Gertrude. Parecía estar tan atormentada y ansiosa como Brook.

"Sí", dijo Rhoda.

"El lugar de mi brazo parece peor, ¡y me molesta!", continuó la joven esposa del granjero. "¡Es tan misterioso! Espero que no sea una herida incurable. De nuevo he estado pensando en lo que dijeron del nigromante Trendle. En realidad no creo en esa gente, pero no me importaría visitarlo, por curiosidad... aunque mi marido no debe saberlo de ninguna forma. ¿Está lejos donde vive?"

"Sí, ocho kilómetros", dijo Rhoda torpemente, "en el centro de Egdon".

"Bueno, tendré que caminar. ¿Podrías ir conmigo para mostrarme el camino... digamos mañana por la tarde?"

"Yo no, es decir...", murmuró la lechera, con un sobresalto de miedo. De nuevo el terror se apoderó de ella, la sensación de que se revelaría algo que tuviera que ver con su feroz acto en el sueño y que arruinaría irremediablemente su imagen ante los ojos de la amiga más conveniente que nunca tuviera.

La señora Lodge insistió y Rhoda por fin asintió, aunque con muchos recelos. A pesar de que el viaje sería triste para ella, no podía interponerse conscientemente a un posible remedio para la extraña enfermedad de la esposa de su patrón. Estuvieron de acuerdo en que para escapar a las sospechas de su propósito místico, se debían reunir en el límite del lugar en la esquina de una plantación que era visible desde el lugar en que ahora se encontraban.

V. EL NIGROMANTE TRENDLE

Para la tarde siguiente, Rhoda hubiera hecho lo que fuera para liberarse de esta indagación, pero había prometido ir. Además, en ocasiones tenía una terrible fascinación en ser un instrumento para lanzar luz sobre su propio carácter que pudiera revelar que era algo mayor en el mundo oculto de lo que hubiera sospechado.

Salió poco antes de la hora del día que habían mencionado y una caminata rápida de media hora la llevó a la extensión sudeste de la zona de campo de Egdon, donde se encontraba la plantación de abetos. Una figura menuda, con capa y velo, ya esperaba ahí. Rhoda reconoció, casi con un temblor, que la señora Lodge traía el brazo izquierdo en cabestrillo.

Apenas se hablaron y de inmediato empezaron a subir al interior de esta comarca solemne, que se encontraba a más altura que el rico suelo aluvial que habían dejado media hora antes. Fue una larga caminata, nubes espesas oscurecían la atmósfera, aunque apenas empezaba la tarde y el viento aullaba tristemente sobre las colinas del lugar, que tal vez fueran el mismo páramo que fue testigo de la agonía del Rey Ina de Wessex, presentado a las generaciones futuras como Lear. Gertrude Lodge hablaba más, Rhoda contestaba con monosílabos por la preocupación. Tenía una aversión extraña a caminar del lado de su acompañante donde colgaba el brazo enfermo, y se pasaba al otro lado cuando se acercaba sin darse cuenta. Sus pies habían rozado muchos brezos cuando descendieron a un camino de carretas, junto al cual se encontraba la casa del hombre que buscaban.

Éste no llevaba a cabo sus prácticas terapéuticas abiertamente ni se preocupaba lo más mínimo por su continuación, su interés directo era el de un comerciante en retama, turba, sustancias abrasivas y otros productos locales. De hecho, actuaba como si no creyera mucho en sus poderes y cuando desaparecían milagrosamente las verrugas que se le mostraban para que las curara (y es necesario decir que invariablemente desaparecían) decía sin seriedad: "Sólo bebí un vaso de ponche que tú pagaste... tal vez sea casualidad", y de inmediato cambiaba de tema.

Estaba en casa cuando llegaron, y de hecho las vio mientras bajaban al valle. Era un hombre con barba gris, cara colorada y se quedó mirando a Rhoda en una forma peculiar en el momento en que la vio por primera vez. La señora Lodge le dijo su misión, y luego con palabras de descrédito a sí mismo, examinó su brazo.

"La medicina no puede curarlo", dijo rápidamente, "éste es el trabajo de un enemigo".

Rhoda se encogió de hombros y se hizo para atrás.

"¿Un enemigo?, ¿cuál enemigo?", preguntó la señora Lodge.

Él meneo la cabeza. "Eso lo sabe mejor usted", dijo, "si lo desea, puedo mostrarle la persona, aunque yo no sabré quién es. No puedo hacer más, ni deseo hacerlo".

Ella insistió, por lo que él le pidió a Rhoda que esperara afuera, donde estaba, y llevó a la señora Lodge a la habitación. Abrió la puerta de inmediato y como quedó abierta, Rhoda Brook podía ver el procedimiento sin tomar parte en él. El hombre tomó un vaso de la cómoda, casi lleno de agua y sacando un huevo lo preparó en una forma secreta; después lo rompió en el borde del vaso, de manera que la clara cayó en él y retuvo la yema. Como estaba oscureciendo, llevó el vaso y su contenido a la ventana, y le dijo a Gertrude que viera con cuidado la mezcla. Se inclinaron juntos sobre la mesa y la lechera podía ver cambiar el matiz opalino del fluido del huevo mientras se hundía en el agua, pero no estaba lo bastante cerca para definir qué forma asumía.

"¿Notaste una semejanza con alguna cara o figura mientras veías?", preguntó el nigromante a la joven.

Ella murmuró una respuesta, con un tono tan bajo que fue inaudible para Rhoda y continuó mirando fijamente el interior del vaso. Rhoda se dio la vuelta y se alejó unos pasos.

Cuando la señora Lodge salió y la luz llegó a su rostro, parecía extremadamente pálido (tan pálido como el de Rhoda) contra el triste tono gris de la zona alta. Trendle cerró la puerta detrás de ella y de inmediato se dirigieron de vuelta a casa. Pero Rhoda percibió que su compañera había cambiado por completo.

"¿Cobró mucho?", preguntó, vacilante.

"No, nada. No quiso tomar ni un centavo", dijo Gertrude.

"Y, ¿qué viste?", preguntó Rhoda.

"Nada... nada de lo que quiera hablar". Era notable la artificialidad de su comportamiento; su cara estaba tan rígida que le daba un aspecto envejecido que sugería vagamente la cara en la recámara de Rhoda.

"¿Fuiste tú quien propuso primero venir aquí?", preguntó de repente la señora Lodge, después de una larga pausa. "¡Qué extraño, si lo hiciste!"

"No. Pero lamento que hayamos venido, considerando todo", contestó. Por primera vez la poseyó una sensación de poder y dejó de lamentar que el joven ser a su lado supiera que sus vidas habían sido enfrentadas por influencias que no eran sólo de ellas.

No se volvió a hablar del tema durante el largo y deprimente camino a casa. Pero de una u otra forma circuló una historia entre las muchas vaquerías de la tierra baja que la pérdida gradual del uso del brazo izquierdo de la señora Lodge se debía a haber sido "hechizada" por Rhoda Brook. Ésta no mencionó nada sobre el íncubo, pero su cara se volvió más triste y delgada, y en primavera ella y su hijo desaparecieron de la zona de Holmstoke.

VI. UN SEGUNDO INTENTO

Pasó media docena de años y la experiencia matrimonial del señor y la señora Lodge se hundió en lo prosaico y empeoró. Por lo general, el granjero estaba melancólico y silencioso; la mujer que había cortejado por su gracia y belleza tenía torcido y desfigurado el brazo izquierdo. Lo que es más, no le había dado un hijo, lo que volvía posible que fuera el último de una familia que había ocupado el valle por unos doscientos años. Pensó en Rhoda Brook y su hijo, y temió que esta situación fuera un juicio del cielo contra él.

La joven Gertrude que en un tiempo fue jovial e instruida se estaba convirtiendo en una mujer irritable y supersticiosa, que dedicaba todo su tiempo a experimentar en su dolencia con todo remedio de charlatanes que encontraba. Estaba honestamente unida a su marido y siempre esperaba recuperar su amor al recuperar al menos parte de su belleza personal. En consecuencia, su armario estaba lleno de botellas, paquetes y frascos de ungüentos de todo tipo: ramas de hierbas místicas y libros de necromancia, que en sus tiempos de estudiante hubiera ridiculizado como tonterías.

"¡Maldita sea!, en algún momento te vas a envenenar con estos mejunjes de botica y mezclas mágicas", le dijo el marido, cuando por casualidad fijó su mirada en el la enorme cantidad.

Ella no contestó, mirándolo con ternura y con un reproche tan sentido que se arrepintió de sus palabras, y añadió: "Sólo lo digo por tu bien, lo sabes, Gertrude".

"Sacaré todos y los destruiré", contestó con voz ronca, "¡y ya no probaré nunca esos remedios!"

"Necesitas alguien que te alegre", le dijo, "en un tiempo pensé en adoptar a un chico, pero ahora es demasiado grande. Se ha ido y no sé adónde."

Ella se imaginó a quién se refería, ya que con el paso de los años había llegado a conocer la historia de Rhoda Brook, aunque no había cruzado una palabra sobre el tema con su marido. Tampoco le había hablado de su visita al nigromante Trendle y lo que le había revelado, o lo que pensaba que le había revelado, ese solitario hombre de campo.

Ahora ella tenía veinticinco años de edad, pero parecía de más edad. "Seis años de matrimonio y sólo unos cuantos meses de amor", a veces se murmuraba a sí misma. Y entonces pensaba en la causa evidente y decía con un vistazo trágico a su extremidad marchita. "¡Sí sólo pudiera ser como era cuando me vio por primera vez!"

Obedientemente destruyó las panaceas y amuletos; pero le quedó el deseo ansioso de tratar algo más... algún tipo completamente diferente de remedio. No había vuelto a visitar a Trendle desde que Rhoda, contra su voluntad, la llevó a la casa del ermitaño, pero ahora se le ocurrió a Gertrude que debía buscar al hombre, en un último esfuerzo desesperado por acabar con esta aparente maldición, si aún vivía. Merecía cierta fe ya que la figura indistinta que había promovido en el vaso, sin duda se parecía a la única mujer en el mundo que podría tener alguna razón para desearle mal como ahora sabía, aunque no en ese momento. Debía hacer la visita.

Esta vez fue sola, aunque casi se perdió en el brezal y vagó a bastante distancia de su camino. Por fin llegó a casa de Trendle; sin embargo, no estaba en casa y en lugar de esperar en la cabaña, se dirigió a donde le señalaron su figura encorvada, trabajando a lo lejos.

Trendle la recordó y depositando en el suelo el manojo de raíces de retama que estaba reuniendo y lanzando a un montón, se ofreció a acompañarla en dirección a su casa, ya que la distancia era considerable y los días eran cortos. Así que caminaron juntos, él con la cabeza doblada casi hasta el suelo y su color del mismo tono que él.

"Sé que puedes desaparecer verrugas y otras excrecencias", le dijo ella, "¿por qué no puedes desaparecer esto?" Y se descubrió el brazo.

"¡Confías demasiado en mis poderes!", contestó Trendle, "y estoy viejo y débil en la actualidad. No, no, es demasiado para que lo intente. ¿Qué has probado?"

Ella le nombró algunos de los cientos de medicamentos y contrahechizos que había probado de tiempo en tiempo. Él sacudió la cabeza.

"Algunos son bastante buenos", dijo aprobando, "pero no muchos de ellos son apropiados para algo así. Tiene la naturaleza de una quemadura, no de una herida, y si alguna vez logras eliminarlo, sucederá de una sola vez".

"¡Si sólo pudiera!"

"Sólo conozco una forma de hacerlo. Nunca ha fallado en desgracias parecidas... que yo pueda decir. Pero es difícil de llevar a cabo, en especial para una mujer."

"¡Dime!", contestó.

"Debes tocar con el brazo el cuello de un hombre que hayan colgado".

Se sobresaltó un poco por la imagen que él conjuraba.

"Antes de que se enfríe... en cuanto lo bajen", continuó el nigromante indiferente.

"¿Cómo puede ayudar eso?"

"Invertirá la sangre y cambiará la complexión. Pero, como dije, es algo difícil de hacer. Debes ir a la cárcel cuando se vaya a colgar a alguien y esperar a que lo lleven al patíbulo. Muchos lo han hecho, aunque tal vez no mujeres hermosas como tú. Yo solía enviar docenas para molestias de la piel. Pero fue hace mucho. El último que envié fue hace doce años".

Ya no tenía más por decirle y cuando la llevó a un camino recto hasta su hogar, se dio la vuelta y la dejó, rechazando todo dinero, como la primera vez.

VII. UN PASEO

El mensaje se hundió profundamente en la mente de Gertrude. Su naturaleza era más bien tímida, y tal vez de todos los remedios que el hechicero blanco pudo sugerirle, ninguno la hubiera llenado con tanta aversión como éste, por no mencionar los inmensos obstáculos que se interponían en su ejecución.

Casterbridge, la capital del condado, estaba a unos veinte o veinticuatro kilómetros, y aunque en esos días se ejecutaba a los hombres por robar caballos, incendios premeditados y robo, y rara vez había reunión de jueces sin una ejecución, no era probable que pudiera tener acceso al cuerpo del criminal sin ayuda. El miedo a la ira de su marido causó que estuviera renuente a decirle una palabra de la sugerencia de Trendle a él o a cualquiera a su alrededor.

No hizo nada por meses y sobrellevó su desfiguramiento como antes. Pero su naturaleza de mujer, el deseo de recuperación del amor, mediante la renovación de la belleza (sólo tenía veinticinco años de edad) siempre la estimulaba para que probara el remedio que, de todos modos, difícilmente le podía causar algún daño. "Es seguro que lo que vino por un hechizo se irá con un hechizo", decía. Siempre que se imaginaba el acto, se encogía de terror por la posibilidad, y entonces las palabras del nigromante parecían capaces de producir una interpretación científica aunque no menos espantosa; el deseo dominante volvía y la impulsaba de nuevo.

En ese tiempo sólo existía un periódico del condado que su marido en ocasiones conseguía prestado. Pero los días antiguos tenían medios antiguos y las noticias viajaban ampliamente de persona a persona, de mercado en mercado o de feria en feria, de manera que siempre que un evento como una ejecución iba a tener lugar, pocos, dentro de un radio 30 kilómetros, ignoraban el próximo espectáculo, y en lo que respecta a Holmstoke, se sabía de algunos entusiastas que caminaban todo el camino a Casterbridge y de vuelta en un día, sólo para ser testigos del espectáculo. La siguiente sesión de los jueces era en marzo, y cuando Gertrude Lodge escuchó que ya se había realizado, y en cuanto tuvo una oportunidad, investigó disimuladamente el resultado en la posada.

Sin embargo, era demasiado tarde. Había llegado el momento en que se iban a ejecutar las sentencias y para hacer el viaje y lograr ingresar con tan poco tiempo necesitaba al menos la ayuda de su marido. No se atrevió a decirle, ya que había descubierto mediante experimentación delicada que esas creencias reprimidas del pueblo hacían que se enojara cuando se mencionaban, en parte porque las había abrigado a medias él mismo. Por lo tanto, era necesario esperar otra oportunidad.

Su determinación recibió un impulso al saber que dos niños epilépticos habían asistido del mismo pueblo de Holmstoke muchos años antes con resultados benéficos, aunque el experimento había sido muy criticado por los clérigos del lugar. Pasaron abril, mayo y junio, y no es una exageración decir que para el fin del último mes, Gertrude deseaba ardientemente la muerte de un prójimo. En lugar de sus oraciones formales por la noche, su oración inconsciente era: "¡Señor!, que cuelguen pronto a un culpable o a un inocente".

Esta vez hizo sus investigaciones más pronto y fue, en general, más sistemática en sus procedimientos. Lo que es más, la estación era el verano, entre la formación de heniles y la cosecha, y en el ocio que les permitía, su marido pasaba tiempo fuera de casa.

La sesión de los jueces fue en julio y fue a la posada como la vez anterior. Iba a realizarse una ejecución, sólo una, por incendio provocado.

Su mayor problema no era cómo llegar a Casterbridge, sino qué medios emplear para lograr que la accesaran a la cárcel. Aunque el acceso para estos propósitos nunca antes se había negado, la costumbre había caído en el desuso, y al considerar las posibles dificultades, casi se decidió a confiar en su marido. Pero al sondearlo sobre la sesión de los jueces, estuvo tan poco comunicativo, mucho más que su frialdad normal, así que no continuó y decidió que sin importar lo que hiciera, lo llevaría a cabo sola.

La suerte, que había sido adversa hasta ese momento, la favoreció inesperadamente. El jueves antes del domingo en que se había decidido la ejecución, Lodge le dijo que iba a salir de casa por otro día o dos a un negocio en la feria y que sentía no poder llevarla con él.

En esta ocasión mostró tanta disposición a quedarse en casa que la miró sorprendido. En un tiempo, ella hubiera mostrado una profunda desilusión por la pérdida de un paseo así. Sin embargo, se metió en su taciturnidad usual y el día señalado se marchó de Holmstoke.

Ahora era su turno, primero pensó en conducir allá, pero al reflexionar se dio cuenta que conducir no serviría, ya que sería necesario que siguiera el camino de peaje y así aumentaría diez veces el riesgo de que se descubriera su horrible misión. Decidió cabalgar y evitar los caminos establecidos, a pesar de que en el establo de su marido no existía ningún animal que ejerciendo al máximo la imaginación se pudiera considerar la montura de una dama; a pesar de su promesa antes del matrimonio de mantener siempre una yegua para ella. Sin embargo, él tenía muchos caballos para carreta, finos en su tipo, y entre los demás estaba una criatura útil, una amazona equina, con un lomo tan amplio como un sofá, en la que Gertrude había tomado en ocasiones el aire cuando se sentía mal. Ésta fue la yegua que escogió.

La tarde del viernes uno de los hombres la trajo al frente. Ella estaba vestida y antes de salir vio su brazo marchito. "¡Ah!", le dijo, "¡si no fuera por ti no tendría que pasar por esta horrible prueba!"

Mientras ataba el paquete en que llevaba algunas prendas de ropa, aprovechó la oportunidad para decir al sirviente: "Me llevo esto por si no vuelvo esta noche de visitar a la persona con la que voy. No te alarmes si no vuelvo para las diez, cierra la casa como siempre. Es seguro que vuelva mañana en la noche". Tenía la intención de contarle todo entonces a su marido, en privado; la acción ejecutada no era lo mismo que la acción planeada. Era casi seguro que la perdonaría.

Entonces la hermosa y palpitante Gertrude Lodge salió de la casa de su marido, y aunque su meta era Casterbridge, no tomó la ruta directa por Stickleford. Su curso astuto la llevó al principio en la dirección opuesta. Sin embargo, en cuanto estuvo fuera de la vista, se dirigió hacia la izquierda, por un camino que entraba a Egdon y al entrar al brezal dio la vuelta y se dirigió a su ruta verdadera, hacia el oeste. No es posible imaginar un camino más reservado por el campo, y en cuanto a la dirección, tan sólo tenían que mantener la cabeza del caballo en un punto un poco a la derecha del sol. Sabía que podía encontrar un cortador de retama o un jornalero de campo de vez en cuando, gracias al cual podría corregir su dirección.

Aunque la fecha era relativamente reciente, Egdon tenía un aspecto mucho menos fragmentario que en la actualidad. Aún no avanzaban mucho los intentos (exitosos y fallidos) de cultivar en las faldas más bajas, que iban a entrar y dividir el distrito en pequeños distritos menores, las Actas de Cercas aún no entraban en vigor, y las cercas que en la actualidad excluyen al ganado de esos lugareños que originalmente disfrutaban de los derechos de pasto, y aún no se creaban las leyes para quienes tenían el privilegio de disparar todo el año. En consecuencia, Gertrude siguió adelante sin otros obstáculos que los matorrales espinosos de retama, las masas de brezo, las vías de agua blanca, los escarpados y las depresiones del terreno.

Su caballo, aunque de pies pesados y lentos, era seguro y a pesar de ser un animal de tiro, tenía una paso simple; de haber sido de otra manera, no era una mujer que se atreviera a montar en un lugar tan difícil de campo con un brazo medio muerto. En consecuencia, eran casi las ocho cuando tiró de las riendas para dar un respiro a su montura en el último punto más elevado del distrito de los brezos hacia Casterbridge, antes de abandonar Egdon por los campos cultivados.

Se detuvo ante un estanque llamado Rushy, rodeado por dos extremos de setos vivos; un puente corría por el centro del estanque, dividiéndolo por la mitad. Sobre el puente vio los campos verdes bajos; sobre los árboles verdes vio los techos del pueblo y sobre los techos una fachada plana blanca que indicaba la entrada a la cárcel del condado. En el techo de esta fachada se movían puntos, parecían ser los trabajadores erigiendo algo. Sintió un hormigueo.

Descendió lentamente y pronto se encontró entre campos de cereales y pastizales. En otra media hora, cuando casi oscurecía, Gertrude llegó al Venado Blanco, la primera posada del pueblo en ese lado.

Su llegada produjo poca sorpresa, entonces las esposas de los granjeros montaban más a caballo que en la actualidad, y en cuanto a eso, nadie imaginaba que la señora Lodge era esposa, el posadero suponía que era una joven alocada que había venido a la "feria del colgamiento" del día siguiente. Ni su marido ni ella hacían trato alguno en el mercado de Casterbridge, de manera que era desconocida. Mientras desmontaba, observó a una multitud de niños parada frente a la puerta de la tienda de un fabricante de arneses, arriba de la posada, mirando hacia dentro con profundo interés.

"¿Qué sucede ahí?", le preguntó al mozo de cuadras.

"Están haciendo la soga para mañana".

Ella tuvo una punzada en respuesta y contrajo el brazo.

"La venden en centímetros después", continuó el hombre, "le puedo conseguir un poco, señorita, gratis, ¿lo desea?"

De inmediato rechazó desear algo así, más por una curiosa sensación escalofriante de que el destino del desgraciado condenado se estaba entrelazando con el suyo, y después de apartar una habitación para la noche, se sentó a pensar.

Hasta ese momento, había elaborado las nociones más vagas sobre los medios para lograr el acceso a la prisión. Las palabras del sabio volvieron a su mente. Había dado a entender que debería emplear su belleza, deteriorada como estaba, como salvoconducto. En su inexperiencia, sabía poco sobre los funcionarios de las cárceles, había oído hablar de un representante superior de la corona y uno inferior, pero sólo nebulosamente. Sin embargo, sabía que debía haber un verdugo y se decidió a apelar al verdugo.

VIII. UN ERMITAÑO JUNTO AL RÍO

En esa fecha y por varios años después, había un verdugo en casi todas las cárceles. Gertrude descubrió, al preguntar, que el funcionario de Casterbridge vivía en una cabaña solitaria junto a un río profundo y lento que corría bajo el precipicio en que los edificios de la prisión estaban situados, cuya corriente era la misma, aunque ella no lo sabía, que regaba las praderas de Stickleford y Holmstoke más adelante en su curso.

Después de cambiar de vestido y antes de que comiera o bebiera (ya que no podría tranquilizarse hasta haberse cerciorado de ciertos detalles), Gertrude se encaminó por un sendero junto al borde del agua a la cabaña que le habían señalado. Pasando por fuera de la cárcel, distinguió en el techo plano sobre la entrada tres líneas rectangulares contra el cielo, donde las manchas se habían estado moviendo cuando miró desde lejos; reconoció qué era esa estructura y se alejó rápidamente. Otros cien metros la llevaron a la casa del verdugo, que le había indicado un niño. Estaba cerca de la misma corriente y próxima a un canal, cuyas aguas emitían un rugido continuo.

Mientras estaba dudando, la puerta se abrió y un viejo salió protegiendo una vela con la mano. Cerrando la puerta desde afuera, se dirigió a una escalera de peldaños de madera pegada a la parte externa de la cabaña y empezó a subir por ella, resultando evidente que era la escalera a su recámara. Gertrude se apresuró a acercarse, pero para cuando llegó a la parte de debajo de la escalera, él estaba en la parte superior. Lo llamó con bastante fuerza para que la escuchara sobre el rugido del canal; él miró hacia abajo y dijo: "¿Qué desea aquí?"

"Hablar con usted un momento".

La luz de la vela, como estaba, caía en su cara pálida, implorante y dirigida hacia arriba, y Davies (como se llamaba el verdugo) volvió a bajar la escalera. "Estaba a punto de irme a la cama", dijo. "'Es bueno acostarse temprano y levantarse temprano', pero no me molesta detenerme un momento para alguien como usted. Entre a la casa." Volvió a abrir la puerta y la siguió a la habitación del interior.

Se encontraban en un rincón los implementos de su trabajo diario, que era de jardinero, y tal vez al ver que ella parecía del campo, le dijo: "Si deseas que haga trabajo en el campo, no puedo ir, ya que no dejo Casterbridge por nobles ni por humildes... yo no. Mi verdadera vocación es oficial de justicia", añadió formalmente.

"¡Sí, sí! Eso es. ¡Mañana!"

"'¡Ah!, eso pensé. ¿De qué se trata? No sirve de nada venir para conseguir el nudo... la gente viene todo el tiempo, pero les digo que un nudo es tan misericordioso como cualquier otro si se pone bajo el oído. ¿Es el infortunado un pariente?, o debería decir", mirando su vestido, "¿tal vez una persona que ha empleado?"

"No. ¿A qué hora es la ejecución?"

"Igual que siempre, a las doce del día, en cuanto llegue la diligencia de Londres. Siempre la esperamos, en caso de un indulto".

"Un indulto... ¡espero que no!", dijo sin pensar.

"Bueno, ¡vaya!, de hecho, ¡tampoco yo! Pero aún así, si alguien mereciera que se le dejara libre, es esta persona; apenas acaba de cumplir los dieciocho años de edad y sólo estaba presente por azar cuando se incendió el montón de heno. Sin embargo, no existe mucho riesgo de que suceda, están obligados a infligirle un castigo ejemplar ya que últimamente ha habido mucha destrucción de propiedades de ese tipo".

"Quiero decir", explicó, "que deseo tocarlo para un encantamiento, una cura para una enfermedad, por consejo de un hombre que ha demostrado la virtud del remedio".

"¡Ah, sí, señorita! Ahora comprendo. Ha venido mucha gente así años atrás. Pero no me pareció que fuera del tipo que necesita inversión de la sangre. ¿Cuál es el mal? Me imagino que es el tipo incorrecto para esto".

"Mi brazo", y renuentemente le mostró el brazo marchito.

"¡Ah, es terrible!", dijo el verdugo, examinándolo.

"Sí", dijo ella.

"Bueno", continuó con interés, "ése es el tipo de problema, ¡debo admitirlo! Me parece bien la herida, es en verdad tan apropiada como cualquiera que haya visto. Sin importar quién sea, quien te mandó es alguien que sabe".

"¿Puedes ayudarme a conseguir todo lo que sea necesario?", dijo ella sin aliento.

"En realidad, debiste ir con el director de la cárcel, junto con tu médico, y dado tu nombre y dirección... así es como se solía hacer, si recuerdo bien. Aún así, tal vez pueda arreglarlo por una módica suma".

"¡Gracias! Prefiero hacerlo de esta forma, ya que me gustaría mantenerlo en privado".

"Un enamorado que no debe saber, ¿mmm?"

"No... un marido".

"¡Ajá! Muy bien, conseguiré que toques el cadáver".

"¿Dónde está eso ahora?", dijo ella, estremeciéndose.

"¿Eso?, querrás decir él, aún está vivo. Apenas entrando en esa pequeña escalera que se ve en la sombra". Daba a entender la cárcel que estaba arriba del precipicio.

Ella pensó en su marido y sus amigos. "Sí, por supuesto", contestó, "y ahora, ¿cómo debo proceder?"

Él la llevó a la puerta. "Ahora, debes esperar en la pequeña portezuela de la pared que encontrarás en el pasillo, no después de la una de la tarde. Yo abriré desde dentro ya que no puedo volver a casa a comer hasta que lo bajen. Buenas noches. Sé puntual, y si no deseas que nadie lo sepa, ponte un velo. ¡Una vez tuve una hija que se parecía a ti!"

Ella se marchó y subió al sendero de arriba para estar segura de poder encontrar la portezuela el día siguiente. Pronto pudo ver la silueta... una estrecha abertura en la pared externa del recinto de la cárcel. La subida era tan escarpada que después de llegar a la portezuela, se detuvo un momento para respirar, y mirando hacia atrás al borde del agua, vio al verdugo subir una vez más la escalera externa. Él entró al desván o recámara a que conducía y en unos minutos apagó la luz.

El reloj del pueblo dio las diez y ella volvió al Venado Blanco como había venido.

IX. UN REENCUENTRO

Era la una de la tarde del domingo y Gertrude Lodge, después de ser admitida a la cárcel como se acaba de describir, estaba sentada en una sala de espera dentro de la segunda entrada, que se encontraba bajo un arco clásico de piedra, que entonces era comparativamente moderno y que tenía la inscripción "CÁRCEL COVENTRY, 1793". Ésta había sido la fachada que había visto desde el campo el día anterior. Cerca de ella estaba un pasaje al techo en que se encontraba el patíbulo.

El pueblo estaba lleno de gente y se había suspendido el mercado, pero Gertrude apenas había visto un alma. Despues de permanecer en su habitación hasta la hora de la cita, se había dirigido al lugar por un camino que evitaba los espacios abiertos bajo el escarpado, donde se habían reunido los espectadores, pero aún ahora podía escuchar el murmullo múltiple de sus voces, del que a intervalos surgía el chirrido de una sola voz articulando las siguientes palabras: "¡Último discurso antes de morir y confesión!" No había habido perdón y la ejecución había terminado, pero la muchedumbre aún esperaba para ver que bajaran el cuerpo.

Pronto, la persistente mujer escuchó pisadas arriba, luego una mano le hizo señas y, siguiendo instrucciones, salió y cruzó el patio interno pavimentado pasando la caseta de vigilancia, mientras las rodillas le temblaban tanto que difícilmente podía caminar. Uno de sus brazos estaba fuera de su manga y sólo cubierto por su chal.

En el lugar a que llegó en ese momento, existían dos bastidores, y antes de que pudiera pensar en su propósito, escuchó fuertes pasos que descendían escaleras en algún lugar a sus espaldas. No quiso girar la cabeza, o no pudo, y rígida en esta postura, fue consciente de que un tosco ataúd pasaba por su lado, transportado por cuatro hombres. Estaba abierto y en él descansaba el cuerpo de un hombre joven, que vestía la camisola de un campesino y pantalones de pana. El cadáver había sido arrojado con tal prisa en el ataúd que los faldones de la camisola estaban colgado fuera. Depositaron su carga temporalmente en los bastidores.

Para este momento, el estado de la joven era tal que una neblina gris parecía flotar ante sus ojos, lo que aunado al velo que traía, le permitía apenas ver nada, era como si casi hubiera muerto pero la mantuviera en pie un tipo de galvanismo.

"¡Ahora!", dijo una voz cercana y apenas fue consciente de que las palabras estaban dirigidas a ella.

Avanzó con un penoso esfuerzo final, al mismo tiempo que escuchaba a personas que se aproximaban detrás de ella. Desnudó su pobre brazo maldito y Davies, descubriendo la cara del cadáver, tomó la mano de Gertrude y la situó de manera que su brazo cruzaba el cuello del muerto, sobre una línea del color de las zarzamoras que lo rodeaba.

Gertrude gritó; "la inversión del flujo de la sangre", había tenido lugar como había predicho el nigromante. Pero en ese momento un segundo grito rasgó el aire de la habitación; no fue de Gertrude, y su efecto en ella la hizo darse la vuelta.

Justo detrás de ella estaba Rhoda Brook, con la cara contraída y los ojos rojos de llorar. Detrás de Rhoda estaba el marido de Gertrude; su semblante arrugado, los ojos opacos, pero sin lágrimas.

"¡Tú!, ¿qué haces aquí?", le dijo con voz ronca.

"¡Desvergonzada... estás aquí para interponerte entre nosotros y nuestro hijo!", gritó Rhoda, "¡éste es el significado de lo que Satán me mostró en la visión! ¡Al fin eres como ella!" Y sujetando el brazo desnudo de la mujer más joven, la jaló sin encontrar resistencia contra la pared. En cuanto Brook dejó de sujetar a la frágil joven, Gertrude resbaló a los pies de su marido. Cuando la levantó, estaba inconsciente.

La sola vista de la pareja había sido suficiente para sugerirle que el joven muerto era el hijo de Rhoda. En ese tiempo, los parientes de un convicto ejecutado tenían el privilegio de reclamar el cuerpo para enterrarlo, si decidían hacerlo, y era con ese propósito que Lodge estaba esperando el resultado del examen postmórtem con Rhoda. Ella lo había llamado en cuanto encerraron al joven por el crimen y en diferentes ocasiones desde entonces, y había asistido al juzgado durante el juicio. Éstos eran los "días de fiesta" a que se había dedicado últimamente. Los dos desgraciados padres habían tratado de evitar que se supiera públicamente y en consecuencia, habían venido por el cuerpo, mientras afuera esperaban una carreta y una sábana para transportarlo y cubrirlo.

La condición de Gertrude era tan seria que se consideró aconsejable llamar a su lado a cualquier médico disponible. La llevaron de la cárcel al pueblo, pero no llegó viva a su casa. Su delicada vitalidad, tal vez debilitada por el brazo paralizado, se colapsó bajo la doble conmoción que siguió a la fuerte tensión, física y mental a que se había sometido durante las veinticuatro horas previas. En verdad se había invertido el "flujo" de la sangre... demasiado. Su muerte tuvo lugar en el pueblo tres días después.

Nunca se volvió a ver a su marido en Casterbridge; sólo una vez en el antiguo mercado de Anglebury, que había frecuentado tanto, y rara vez en público en algún lugar. Agobiado al principio por el mal humor y el remordimiento, al final tuvo un cambio que lo mejoró y apareció como un hombre corregido y considerado. Poco después de asistir al funeral de su pobre y joven esposa, dio los pasos necesarios para entregar las granjas en Holmstoke y el condado adjunto, y después de vender todas las cabezas de ganado, se marchó a Port-Bredy, en el otro extremo del país, habitando ahí en viviendas solitarias hasta su muerte dos años después de una enfermedad indolora. Entonces se des-

cubrió que había donado toda su nada despreciable riqueza a un reformatorio para jóvenes, con la condición de pasar
una pequeña anualidad a Rhoda Brook si se le podía encontrar para que la exigiera.

Por algún tiempo no se le pudo encontrar, pero al final
reapareció en su antiguo condado; sin embargo, rechazó
por completo estar interesada en la cláusula a su favor.
Volvió a dedicarse a ordeñar en la lechería y siguió por
muchos años, hasta que su figura se encorvó y su abundante cabello negro quedó blanco y desgastado en la frente (tal
vez por la larga presión contra las vacas). Aquí, a veces,
quienes conocían sus experiencias, se paraban para obser-
varla y preguntarse qué pensamientos sombríos bullían
detrás de la frente impávida y arrugada, siguiendo el ritmo de
las corrientes alternas de la leche.

Blackwood's Magazine,
Enero de 1888.

LA RENTA FANTASMA

Henry James

Tenía veintidós años y acababa de dejar la universidad. Tenía libertad para escoger mi profesión y la escogí demasiado rápido. Después renuncié a ella, a decir verdad, con el mismo entusiasmo, pero nunca he lamentado esos dos años juveniles de experimentación perpleja y emocionada, pero también agradable y fructífera. Di una probada a la teología y durante mi periodo académico había sido un lector que admiraba al doctor Channing. Era una teología de sabor agradable y suculento, parecía ofrecer la rosa de la fe encantadoramente despojada de sus espinas. Y entonces (porque creo que algo tuvo que ver) me prendé de la Escuela de la Antigua Divinidad. Siempre había tenido la atención puesta en los dramas humanos y me parecía que podría actuar mi parte con una posibilidad justa de lograr los elogios (al menos el mío) en esa aislada y tranquila casa de moderada casuística, con su respetable avenida a un lado y su perspectiva de campos verdes y contacto con acres de bosque en el otro. Cambridge, para los enamorados de bosques y campos, ha cambiado y empeorado desde esos días y el recinto en cuestión ha perdido gran parte de su mezcla de quietud pastoral y escolástica. En aquel entonces, era un recinto universitario en el bosque... una mezcla encantadora. Lo que es en la actualidad no tiene nada que ver con mi historia, y no dudo que aún existan jóvenes de último curso, obsesionados por la doctrina, que al pasear cerca en el crepúsculo se prometan que después saborearán su excelente tranquilidad. En cuanto a mí, no quedé defraudado. Me alojé en una habitación cuadrada, grande y poco intelectual, con profundos bancos de ventana; colgué estampas de Overbeck y Ary Scheffer en las paredes, acomodé mis libros, con gran refinamiento en la clasificación, en los nichos junto al anaquel alto de la chimenea y empecé a leer a Plotino y a San Agustín. Entre mis compañeros estaban dos o tres hombres hábiles y de buena sociedad con los que en ocasiones hacía planes frente a una jarra ante la chimenea. Y con la lectura iluminadora, los discursos profundos, las libaciones escrupulosamente diluidas y los largos paseos por el campo, mi iniciación en el misterio eclesiástico progresó de manera bastante agradable.

Con uno de mis camaradas formé una amistad especial y pasamos mucho tiempo juntos. Por desgracia, tenía debilidad crónica en una de las rodillas, lo que lo obligaba a llevar una vida muy sedentaria y como yo era un caminante metódico, se producían ciertas diferencias en nuestros hábitos. Yo solía alejarme para mis excursiones diarias, sin más compañero que el bastón en mi mano o el libro en mi bolsillo. Pero siempre he encontrado suficiente compañía en emplear mis piernas y en la sensación de aire abierto sin límites. Tal vez debería añadir que en el goce de un par de ojos muy agudos, encuentro algo parecido al placer social. Mis ojos y yo teníamos muy buenas relaciones; eran observadores infatigables de todos los incidentes a los costados del camino, y mientras estuvieran entretenidos, yo estaba contento. De hecho, fue gracias a estos hábitos inquisitivos que llegó a mi poder esta notable historia. En la actualidad, la mayor parte del antiguo pueblo de Cambridge es bonita, pero hace treinta años era más hermoso. Aún no surgía la presencia en todos lados de casas de cartón, que ahora adornan el paisaje, en dirección a las Colinas Waltham, azules y poco elevadas, no había cabañas refinadas que avergonzaran las miserables praderas y los mezquinos huertos... una yuxtaposición en que ninguno de los dos elementos del contraste ha ganado nada con el paso de los años. Ciertos cruces de caminos serpenteantes de entonces, como los recuerdo, eran más naturales y profundamente rurales, y las casas solitarias en las grandes laderas de pastos a sus costados, bajo el habitual olmo grande que doblaba sus ramas en el aire como las espigas caídas hacia fuera de un manojo amarrado de trigo, estaban ahí con sus techos de tejas de madera y ninguna presciencia de la moda de los techos franceses... se veían ancianas campesinas arrugadas por el clima, como se les podría llamar, que empleaban calladamente la cofia autóctona y que nunca soñaban en ponerse un sombrero y exponer indecentemente sus venerables cejas. Ese invierno fue lo que se llama "abierto"; hacía mucho frío, pero había poca nieve; los caminos estaban firmes y libres, y rara vez el clima me obligaba a renunciar a mi ejercicio. Una tarde gris de diciembre me había dirigido al cercano pueblo de Medford y estaba regresando a paso regular y observando los tintes pálidos y fríos (el ámbar transparente y el color rosa pálido) que velaban a la manera invernal el cielo occidental y me recordaban la sonrisa escéptica en los labios de una hermosa mujer. Me acerqué mientras caía la noche a un camino estrecho que nunca había recorrido y que me imaginé me ofrecería un atajo hacia mi casa. Estaba a unos cinco kilómetros de distancia, estaba retrasado y me hubiera dado gusto reducirlos a dos. Me desvié, caminé unos diez minutos y entonces me di cuenta que el camino tenía un aire de ser poco frecuentado. Las huellas de ruedas parecían viejas, la inmovilidad parecía peculiarmente razonable. Y sin embargo, más adelante en el camino se encontraba una casa, para la que debía ser una salida. En un lado se encontraba un terraplén natural alto, encima del cual estaba una huerta de manzanos, cuyas ramas formaban una extensión de tosca filigrana, suspendida en el frío oeste rosado. En poco tiempo llegué a la casa y de inmediato me interesé en ella. Me detuve en el frente mirándola fijamente. No sabía con exactitud por qué, pero con una mezcla vaga de curiosidad y timidez. Era una casa como la mayoría a su alrededor, excepto que era una muestra decididamente hermosa de su clase; sobresalía en una ladera cubierta de pasto, tenía junto su olmo alto y con ramas que colgaban imparcialmente hacia todos lados, y tenía la antigua tapa negra de pozo en el extremo. Sin embargo, era de proporciones muy grandes y tenía el notable aspecto de seriedad y solidez del bosque. Había sobrevivido hasta alcanzar una edad avanzada ya que el maderaje de su entrada y bajo los aleros, con muchos tallados cuidadosos, eran una referencia de que era, al menos, de mitad del siglo anterior. Todo había estado pintado de blanco en algún tiempo, pero los amplios hombros del tiempo, apoyados contra los quicios de la puerta por cien años, habían desnudado la veta de la madera. Detrás de la casa se extendía un huerto de manzanos, más roídos y fantásticos de lo normal y presentando en el crepúsculo cada vez más oscuro, un aspecto arruinado y exhausto. Todas las ventanas de la casa tenían persianas oxidadas, sin tablillas y estaban bien cerradas. No había señales de vida, se veía vacía y sin dueño, y sin embargo, mientras avanzaba con lentitud cerca de ella, parecía tener un significado familiar... una elocuencia audible. Siempre he pensado en la impresión que me causó en esa primera vista la morada colonial gris, como prueba que la inducción a veces puede ser muy similar a la adivinación, ya que, después de todo, no había nada en este asunto que justificara la inducción que llevé a cabo. Me devolví y crucé el camino. La última luz roja del atardecer se liberó cuando estaba a punto de desaparecer y se apoyó ligeramente por un momento en el frente plateado por el tiempo de la antigua casa. Tocó, con perfecta regularidad, la serie de pequeños vidrios de la ventana con forma de abanico sobre la puerta y centelleó allí en una manera fantástica. Entonces desapareció y dejó al lugar más intensamente sombrío. En este momento, me dije con acento de profunda convicción: "¡La casa está embrujada!"

De alguna forma y de inmediato, lo creí y mientras no estuviera encerrado adentro, la idea me producía placer. Era algo que estaba implícito en el aspecto de la casa y lo explicaba. Media hora antes, si me hubieran preguntado, hubiera dicho, como corresponde a un joven que ha cultivado claramente puntos de vista alegres de lo sobrenatural, que no existían las casas embrujadas. Pero la morada ante mí le daba un significado vívido a esas palabras vacías; se había marchitado espiritualmente.

Entre más la veía, más intenso parecía el secreto que ocultaba. Caminé a su alrededor, traté de dar un vistazo por aquí y por allá, por una hendidura en las persianas, y tuve la pueril satisfacción de poner la mano en el picaporte de la puerta y girarlo con suavidad. Si la puerta se hubiera abierto, ¿hubiera entrado?, ¿hubiera penetrado en la oscura quietud? Por suerte, no se puso a prueba mi audacia. El portal era admirablemente sólido, ni siquiera lo puede sacudir. Al final me alejé, mirando varias veces hacia atrás. Seguí mi camino y después de una caminata más larga de la que había dejado de lado, llegué a la carretera. A cierta distancia, más allá del punto en que entraba la larga senda que he mencionado, se encontraba una morada cómoda y ordenada, que podía presentarse como el modelo de la casa que en ningún sentido está embrujada... que no tiene secretos siniestros, ni conoce algo que no sea una gran prosperidad. Su pintura blanca y limpia sobresalía con placidez en el crepúsculo, y el pórtico cubierto de enredadera había sido cubierto con paja para el invierno. Un calesín viejo, de un caballo, cargado con dos visitantes que se marchaban se alejaba de la puerta y por las ventanas sin cortinas vi la sala de estar iluminada por lámparas y la mesa puesta para el "té" que habían improvisado temprano para placer de las visitas. La señora de la casa había salido a la entrada con sus amigos; se quedó ahí después de que el calesín se había alejado crujiendo, mitad para verlos tomar el camino, mitad para dirigirme, mientras pasaba en el crepúsculo, una mirada interrogadora. Era una mujer joven hermosa y animada, con ojos oscuros y agudos, y me atreví a detenerme a hablar con ella.

"La casa que está en el camino secundario", dije, "más o menos a un kilómetro de aquí, la que está sola, ¿podría decirme a quién pertenece?"

Me observó por un momento y, creo, enrojeció un poco. "Nuestra gente nunca recorre ese camino", dijo brevemente.

"Pero es un camino más corto a Medford", contesté.

Meneó un poco la cabeza. "Tal vez se convertiría en un camino más largo. Como sea, no lo empleamos".

Esto era interesante. Una ama de casa yanqui ahorrativa debía tener buenas razones para este desdén a una forma para ahorrar tiempo. "Pero, ¿al menos conoce la casa?", dije.

"Bueno, la he visto".

"Y, ¿a quién pertenece?"

Se rió un poco y miró hacia otro lado como si se diera cuenta que para un extraño sus palabras podrían tener un toque de superstición agrícola. "Supongo que pertenece a quienes están en su interior".

"Pero, ¿hay alguien en ella? Está totalmente cerrada".

"Eso no hace ninguna diferencia. Nunca salen y nadie entra nunca". Y se dio la vuelta para irse.

Pero le puse la mano en el brazo, con respeto. "¿Quiere decir que la casa está embrujada?"

Se alejó, enrojeció, levantó un dedo hacia sus labios y se apresuró a meterse a la casa, donde, en un momento, se bajaron las cortinas para cubrir las ventanas.

Por varios días pensé en repetidas ocasiones en esta pequeña aventura, pero me produjo alguna satisfacción mantenerla en secreto. Si la casa no estaba embrujada era inútil exponer mis caprichos imaginativos, y si lo estaba, era agradable escanciar la copa del horror sin ayuda. Por supuesto, decidí pasar por ese camino otra vez, y una semana después (era el último día del año) volví sobre mis pasos. Me acerqué a la casa desde la dirección contraria y me encontré frente a ella más o menos a la misma hora que la vez anterior. La luz estaba desapareciendo, el cielo estaba encapotado y gris; el viento se lamentaba junto al suelo duro y desnudo y formaba lentos remolinos con las hojas ennegrecidas por las heladas. Allí estaba la melancólica mansión, parecía juntar el crepúsculo invernal a su alrededor y enmascararse en él, inescrutablemente. No sabía casi nada de en qué misión me había metido, pero tenía la vaga sensación de que si esta vez giraba el picaporte de la puerta y se abría la puerta, me armaría de valor y dejaría que la cerraran detrás de mí. ¿Quiénes eran los misteriosos ocupantes a los que había aludido la buena mujer de la esquina? ¿Qué se había visto o escuchado?, ¿qué se había relatado? La puerta siguió tan inflexible como antes y mis impertinentes manoseos con el picaporte no causaron que se abriera de inmediato una ventana, ni salió alguna cara extraña y pálida. Incluso me atreví a levantar el llamador oxidado y dar una docena de golpes, pero produjeron un sonido plano y amortiguado, que no tuvo eco. La familiaridad produce desdén; no sé qué hubiera hecho a continuación, si en la distancia (por el mismo camino que había seguido), no hubiera visto una figura solitaria avanzando. No deseaba ser visto cerca de esa casa de mala reputación y busqué refugio entre las sombras densas de un bosquecillo cercano de pinos, desde donde podía atisbar y aún así, mantenerme invisible. Al poco tiempo, el recién llegado se acercó y me di cuenta que se dirigía a la casa. Era un hombre pequeño y viejo, la característica más sobresaliente de su apariencia era una capa voluminosa, de un tipo de corte militar. Traía un bastón para caminar y avanzaba en forma lenta, penosa y cojeando un poco, pero con aire de extrema resolución. Se desvió del camino, siguió las vagas huellas de carretas e hizo una pausa a unos metros de la casa. Levantó la vista hacia ella, con mirada fija y escrutadora, como si estuviera contando las ventanas, o notando ciertas marcas familiares. Entonces se quitó el sombrero y se inclinó con lentitud y solemnidad, como si realizara una reverencia. Como continuó sin cubrirse, pude verlo bien. Era, como dije, un hombre diminuto, pero hubiera sido difícil decidir si pertenecía a este mundo o al otro. Su cabeza me recordó vagamente los retratos de Andrew Jackson. Tenía el cabello corto y canoso, tan tieso como un cepillo, la cara enjuta, pálida y bien rasurada, y ojos de un brillo intenso, rodeados por cejas espesas, que habían continuado siendo perfectamente negras. Su cara, al igual que su capa, parecían pertenecer a un soldado viejo; parecía un militar retirado de moderada graduación; pero me pareció que excedía el privilegio clásico de un personaje así para ser excéntrico y grotesco. Cuando terminó su saludo, avanzó hacia la puerta, buscó en los pliegues de su capa, que colgaba más en la parte de enfrente que en la de atrás, y sacó una llave. La introdujo con lentitud y cuidado en la cerradura, y entonces, aparentemente, la hizo girar. Pero la puerta no se abrió de inmediato; primero inclinó la cabeza, giró el oído y se quedó escuchando, luego miró hacia uno y otro lado del camino. Satisfecho o tranquilizado, aplicó su viejo hombro a uno de los tableros hundidos y presionó por un momento. La puerta cedió... abriéndose a una oscuridad perfecta. Se detuvo de nuevo en el umbral y de nuevo se quitó el sombrero e hizo su reverencia. Luego entró y cerró con cuidado la puerta detrás de él.

¿Quién diablos era y a qué se dedicaba? Podía haber sido un personaje de uno de los cuentos de Hoffman. ¿Era una visión o una realidad, un habitante de la casa o un visitante familiar y amistoso? En cualquier caso, ¿cuál había sido el significado, de sus genuflexiones místicas y cómo pensaba proceder en la oscuridad del interior? Salí de mi refugio y observé con cuidado varias de las ventanas. En cada una de ellas, a intervalos, se veía luz en la hendidura entre dos hojas de las persianas. Era evidente que estaba todo encendiendo, ¿iba a dar una fiesta... una parranda fantasmal? Mi curiosidad se hizo más intensa, pero no tenía idea de cómo satisfacerla. Por un momento pensé en tocar autoritariamente a la puerta, pero deseché esta idea como descortés y apropiada para romper el hechizo, si había uno. Caminé alrededor de la casa e intenté, sin violencia, abrir una de las ventanas más bajas. Se resistió, pero un momento después tuve mejor suerte con otra. Es claro que había riesgo en la acción que estaba realizando, riesgo de ser visto desde dentro, o (lo que es peor) de que viera algo de lo que me arrepentiría. Pero la curiosidad, como dije, se había convertido en inspiración y el riesgo era muy aceptable. Al separar las persianas vi una habitación iluminada... una habitación iluminada por dos velas en un antiguo candelabro de bronce, situado sobre la repisa de la chimenea. Parecía algún tipo de recibidor trasero y había conservado todos sus muebles. Tenía un modelo vulgar y anticuado, consistía en sillas y sofás de tela de crin, mesas de caoba sobrantes y muestras de bordado enmarcadas y colgadas

en las paredes. Pero aunque la habitación estaba amueblada, tenía un aspecto extrañamente deshabitado; las mesas
y las sillas estaban en posiciones rígidas y no estaban a la
vista pequeños objetos familiares. No podía ver todo y sólo
podía imaginar la existencia, a mi derecha, de una gran
puerta plegadiza. Parecía estar abierta y la luz de la habitación de junto pasaba por ella. Esperé un momento pero la
habitación se mantuvo vacía. Al fin me di cuenta que una
sombra grande se proyectaba sobre la pared opuesta a la
puerta plegadiza... era evidente que la sombra pertenecía a
una figura en la habitación de junto. Era alta y grotesca y
parecía representar a una persona sentada perfectamente
inmóvil, de perfil. Pensé que reconocía los bigotes perpen-
diculares y la nariz muy arqueada del pequeño anciano. Su
postura tenía una inmovilidad extraña, parecía estar sentado y mirando atentamente algo. Observé la sombra por
largo tiempo, pero no se movió. Sin embargo, al final, cuando mi paciencia empezaba a menguar, se movió lentamente,
se elevó al techo y perdió nitidez. No sé qué hubiera visto
después, pero por un impulso irresistible cerré la persiana.
¿Fue delicadeza?, ¿fue cobardía? No puedo decirlo. No obstante, me quedé cerca de la casa, esperando que mi amigo
reapareciera. No me defraudó, ya que al fin emergió, igual
que como había entrado, y partió en la misma forma cere-
moniosa. (Las luces, como ya había notado, habían
desaparecido de la hendidura de cada una de las ventanas).
Mirando hacia la puerta, se quitó el sombrero e hizo una
reverencia obsequiosa. Mientras se alejaba, tenía muchas
ganas de hablarle, pero lo dejé marchar en paz. Podría decir que esto fue sólo delicadeza... tal vez digas que tuvo lugar
demasiado tarde. Me pareció que tenía derecho a resentir
que lo vigilara, aunque mi derecho a hacerlo (si se trataba
de fantasmas) me pareció igual de positivo. Continué ob-
servándolo mientras cojeaba levemente al bajar y seguía el

camino solitario. Entonces, meditativo, retrocedí en la dirección opuesta. Estaba tentado a seguirlo, a cierta distancia, para ver qué sucedía con él, pero esto también me pareció poco delicado y debo confesar, por otra parte, que me sentía inclinado a coquetear un poco con mi descubrimiento... con quitar uno por uno los pétalos de la flor.

Continué aspirando el olor de esta flor, de vez en cuando, ya que su extraño perfume me había fascinado. Pasé de nuevo junto a la casa del cruce de caminos pero no encontré al hombre con la capa o a ningún otro caminante. Parecía mantener a los observadores a distancia y tuve cuidado en no hablar al respecto; me dije que un investigador podía abrirse paso poco a poco hacia el secreto, pero no había lugar para dos. Por supuesto, al mismo tiempo hubiera agradecido cualquier posibilidad de información que tuviera relación con este asunto... aunque no podía ver con claridad de dónde podía proceder. Esperaba encontrar al anciano de la capa en algún lugar, pero conforme pasaban los días sin que reapareciera, dejé de esperarlo. Y sin embargo, pensaba que debía vivir en el barrio, considerando que había realizado a pie su peregrinación a la casa vacía. Si hubiera venido de lejos, es seguro que hubiera llegado en alguna antigua calesa de capota grande y ruedas amarillas... un vehículo tan venerablemente grotesco como él. Un día di un paseo por el cementerio de Mount Auburn... institución que en ese periodo estaba en la infancia y lleno de encanto silvestre que ha perdido por completo en la actualidad. Contenía más arces y abedules que sauces y cipreses, y quienes reposaban ahí tenían mucho espacio. No era una ciudad de los muertos, a lo más un pueblo y un peatón podía pasear ahí sin el recordatorio demasiado inoportuno del lado grotesco de nuestros derechos a la consideración póstuma. Había llegado a disfrutar la primera probada de la primavera, uno de esos días apacibles de finales de invierno, cuando la tierra adormecida parecía realizar su primera inspiración profunda que marca la ruptura del periodo de sueño. El sol estaba velado por una neblina y sin embargo era cálido, la escarcha estaba rezumando de los lugares más profundos en que se escondía. Había estado recorriendo por media hora los caminos sinuosos del cementerio cuando de repente percibí una figura familiar sentada en una banca que estaba contra un seto de plantas perennes que daba hacia el sur. Pensé que me era familiar la figura porque la había visto a menudo en los recuerdos y en la imaginación; de hecho, sólo la había visto una vez. Estaba de espaldas a mí, pero tenía una capa voluminosa, que no se podía confundir. Aquí, por fin, estaba el otro visitante a la casa encantada y aquí estaba mi oportunidad, ¡si me atrevía a acercarme! Di una vuelta y me acerqué a él por el frente. Me vio al extremo del callejón y se sentó inmóvil, con las manos en el extremo de su bastón, observándome bajo sus cejas negras mientras me acercaba. A lo lejos, las cejas negras parecían formidables; eran lo único que vi en su cara. Pero al mirarlo más de cerca, me sentí más seguro porque de inmediato sentí que ningún hombre podría ser tan fantásticamente fiero como parecía ser este pobre anciano. Su cara era una especie de caricatura de truculencia marital. Me detuve frente a él y respetuosamente le pedí que me dejara sentar y descansar en su banca. Lo permitió con un gesto silencioso, de mucha dignidad, y me senté junto a él. En esta posición podía observarlo en secreto. Era algo tan extraño en la luz del sol de la mañana, como lo había sido en la luz ambigua del crepúsculo. Las líneas de su cara eran tan rígidas que parecían haber sido labradas en un bloque por un torpe tallador de madera. Sus ojos eran vistosos, su nariz, increíble, su boca, implacable. Y sin embargo, después de un rato, cuando se dio la vuelta con lentitud y me miró, fijamente, percibí que a pesar de la siniestra máscara, era un anciano muy apacible. Creo que incluso le hubiera gustado sonreír, pero era evidente que sus músculos faciales estaban demasiado rígidos, habían tomado una disposición diferente y definitiva. Me pregunté si estaba demente, pero deseché la idea; el brillo fijo de sus ojos no era el causado por la locura. Lo que su cara expresaba en realidad era una tristeza profunda y simple; tal vez su corazón estaba roto, pero su cerebro estaba intacto. Su ropa estaba gastada pero limpia y su capa azul había pasado por medio siglo de cepillado.

Me apresuré a hacer alguna observación sobre la excepcional temperatura del día y me contestó con voz ligera y dulce, que era casi sorprendente de escuchar al proceder de unos labios tan belicosos.

"Es un lugar muy cómodo", añadió al poco rato.

"Me encanta caminar en los panteones", repliqué intencionalmente; me complací por haber encontrado una veta que podía llevar a algo.

Me animé, él se volteó y clavó en mí sus ojos de brillo oscuro. Entonces dijo con gravedad: "Caminar, sí. Haz todo el ejercicio ahora. Algún día tendrás que establecerte en un panteón en una posición fija".

"Muy cierto", dije, "pero debes saber que existen algunas personas que hacen ejercicio incluso después de ese día".

Aún me estaba viendo, y cuando dije esto, miró hacia otro lado.

"¿No lo entiendes?", dije, con suavidad.

Continuó mirado hacia el frente.

"¿Sabes?, algunas personas caminan después de la muerte", continué.

Al fin se volteó y me miró en forma más siniestra que nunca. "No crees eso", dijo simplemente.

"¿Cómo sabes que no lo creo?"

"Porque eres joven y tonto." Dijo esto sin aspereza, incluso con amabilidad, pero en el tono de un anciano cuya conciencia de su propia experiencia penosa hacia todo lo demás pareciera frívolo.

"Es cierto que soy joven", contesté, "pero no creo que sea tonto, en general. Pero decir que no creo en fantasmas... la mayoría de las personas estaría de mi lado".

"¡Es tonta la mayoría de las personas!", dijo el anciano.

Dejé en paz el tema y hablé de otros asuntos. Mi compañero parecía estar a la defensiva, me miraba desafiante y contestaba concisamente a mis comentarios; sin embargo, tuve la impresión de que nuestro encuentro era algo agradable para él e incluso un incidente social de cierta importancia. Era evidentemente una persona solitaria y que eran pocas las oportunidades que tenía para charlar. Había tenido problemas, lo habían desligado del mundo y causado que se hundiera en sí mismo; pero no se había roto del todo la cuerda sensible social en su alma anticuada y yo estaba seguro de que se sentía satisfecho de que aún pudiera resonar débilmente. Al final, empezó a hacer preguntas, inquirió si era estudiante.

"Soy estudiante de la divinidad", contesté.

"¿De la divinidad?"

"De teología. Estoy estudiando para ser sacerdote".

Al oír esto me miró con rara intensidad... después se desvió su mirada de nuevo. "Entonces, existen ciertos temas que deberías saber", dijo por último.

"Tengo un gran deseo de conocimientos", contesté, "¿a qué temas te refieres?"

Me miró de nuevo por un momento, pero sin prestar atención a mi pregunta.

"Me gusta tu apariencia", dijo, "pareces ser un chico sobrio".

"¡Soy totalmente sobrio!", exclamé... sin embargo apartándome por un momento de la sobriedad.

"Creo que eres imparcial", continuó.

"Entonces, ¿ya no le parezco tonto?", pregunté.

"Sigo sosteniendo lo que dije de las personas que niegan el poder de los espíritus de los muertos para volver. ¡Son tontas!" Y golpeó con ferocidad el suelo con su bastón.

Dudé un momento y entonces dije de repente: "¡Has visto un fantasma!"

No pareció sorprenderse en absoluto.

"¡Tiene razón, señor!", contestó con gran dignidad, "para mí no se trata de una fría teoría... no tuve que buscar en libros viejos para aprender qué creer. ¡Lo sé! ¡Con estos ojos he visto al alma de un muerto parada frente a mí tan cerca como estás tú!", y sus ojos, mientras hablaba, en verdad se veían como si se hubieran posado en algo extraño.

Quedé muy impresionado... hizo que creyera.

"¿Y fue muy espantoso?, pregunté.

"Soy un viejo soldado... ¡no tengo miedo!"

"¿Cuándo fue?, ¿dónde?", pregunté.

Me miró con recelo y me di cuenta que estaba yendo demasiado rápido.

"Perdóname por no entrar en detalles", dijo, "no tengo la libertad de hablar en forma más extensa. Te he dicho demasiado porque no puedo soportar que se hable de este tema en forma tan superficial. ¡Recuerda en el futuro que has visto a una anciano muy honesto que te dijo (por su honor) que había visto un fantasma!" Se levantó, como si pensara que había dicho suficiente. Reticencia, timidez, orgullo, miedo a que se burlaran de él, el recuerdo, tal vez, de anteriores ataques de sarcasmos; todo esto, por un lado, pesaba en él, pero sospecho que por el otro lado, su lengua estaba más suelta por la locuacidad de la edad avanzada, la sensación de soledad y la necesidad de compasión... y tal vez también la cordialidad que me había expresado con tanta bondad. Era evidente que sería imprudente presionarlo, pero esperaba verlo de nuevo.

"Para dar mayor peso a mis palabras", añadió, "permíteme mencionar mi nombre... el capitán Diamond, he estado en el servicio militar".

"Espero tener el placer de reunirme de nuevo contigo", dije.

"¡Te digo lo mismo!", y agitando el bastón portentosamente (aunque con intención amistosa) se marchó con paso rígido.

Le pregunté a dos o tres personas (seleccionadas con discreción) si sabían algo sobre el capitán Diamond, pero no pudieron decirme nada. Al final, me di un golpe en la frente y, diciéndome bobo, recordé que estaba olvidando una fuente de información a la que nunca había pedido ayuda en vano. La excelente persona en cuya mesa habitualmente cenaba y que brindaba su hospitalidad a los estudiantes por cierta cantidad a la semana, tenía una hermana tan buena como ella, y con los poderes de conversación más diversos. La hermana, que era conocida como la señorita Deborah, era una solterona con todo el significado de la palabra. Estaba deformada y nunca salía de la casa; se sentaba todo el día ante la ventana, entre una jaula para pájaros y una maceta, bordando pequeños artículos de lencería... bandas y volantes misteriosos. Me aseguraron que esgrimía una aguja exquisita, y sus trabajos eran muy apreciados. A pesar de su deformidad y su reclusión, tenía una cara pequeña, lozana y redonda y una imperturbable serenidad de espíritu. También tenía un ingenio muy rápido, era muy buena observadora y le encantaba la charla amistosa. Nada le agradaba más que hacer que alguien (creo que en especial un joven estudiante de la divinidad) acercara su silla a su ventana iluminada por el sol y se sentara a "platicar" veinte minutos. "Bueno, señor", solía decir siempre, "¿cuál es la última monstruosidad en la crítica bíblica?", ya que aparentaba horrorizarse por la tendencia racionalista de su época. Pero era una pequeña filósofa inexorable y estoy convencido que era una racionalista más perspicaz que cualquiera de nosotros, y que si lo decidiera, podría plantear preguntas que hubieran hecho que se sobresaltara el más atrevido de nosotros. Su ventana dominaba todo el pueblo, o más bien, todo el campo. El conocimiento le llegaba mientras se sentaba cantando, con su vocecilla cascada, en su mecedora de poca altura. Era la primera en aprender todo y la última en olvidarlo. Sabía todas las habladurías del lugar y sabía todo de gente que nunca había visto. Cuando le pregunté cómo había adquirido todos estos conocimientos, tan solo decía: "¡Me doy cuenta de todo!", "Me fijo en todo con cuidado", en una ocasión dijo: "No importa dónde estés. Puedes estar en un armario totalmente oscuro, todo lo que necesitas es algo con lo cual empezar; un tema te lleva a otro, y todo se mezcla. Enciérrame en un armario oscuro y me daré cuenta después de un rato que algunos lugares son más oscuros que otros. Después de eso (si me das tiempo) podré decirte qué va a cenar el presidente de Estados Unidos". Una vez le hice un cumplido. "Tu poder de observación", dije, "es tan bueno como tu aguja y tus declaraciones tan ciertas como tus puntadas".

Por supuesto, la señorita Deborah había oído hablar del capitán Diamond. Se había hablado mucho de él largo tiempo atrás, pero había sobrevivido al escándalo que se había unido a su nombre.

"¿Cuál fue el escándalo?", pregunté.

"Mató a su hija".

"¿La mató?", exclamé, "¿cómo fue?"

"¡Ah!, ¡no con una pistola, una daga ni una dosis de arsénico! Con su lengua. ¡Y hablan de la lengua de las mujeres! La maldijo... con algún juramento horrible, ¡y murió!"

"¿Qué había hecho ella?"

"Recibió la visita de un joven que la amaba, y a quién él le había prohibido la entrada a la casa".

"La casa", dije, "¡Ah, sí!, la casa está en el campo, a tres o cuatro kilómetros de aquí, en un cruce de caminos solitario".

La señorita Deborah me miró incisivamente, mientras cortaba el hilo con los dientes.

"¡Ah!, ¿sabes de la casa?", dijo.

"Un poco", contesté, "la he visto. Pero quiero que me cuentes más".

Pero en ese momento la señora Deborah mostró una falta de comunicación que era de lo más poco común.

"No me considerarías supersticiosa, ¿no es así?", preguntó.

"¿Tú?, eres la quintaesencia de la razón pura".

"Bueno, todo hilo tiene su porción podrida y toda aguja su punto de óxido. Preferiría no hablar de esa casa".

"¡No tienes idea de cuánto despiertas mi curiosidad!", dije.

"Puedo condolerme por ti, pero haría que me pusiera muy nerviosa".

"¿Qué mal puede sucederte?", le pregunté.

"Una amiga mía sufrió daño", y la señorita Deborah inclinó la cabeza muy convencida.

"¿Qué había hecho tu amiga?"

"Me contó el secreto del capitán Diamond, que le había contado con considerable misterio. Ella había sido una antigua novia y la hizo su confidente. Le rogó que no contara nada y le aseguró que si lo hacía, le iba a suceder algo espantoso".

"¿Y qué le sucedió?"

"Murió".

"¡Bah, todos somos mortales!"; dije, "¿se lo había prometido?"

"No lo tomó en serio, no le creía. Me repitió la historia y tres días después, tuvo una inflamación de los pulmones. Un mes después, en este lugar donde estoy sentada ahora, estaba cosiendo la ropa para su entierro. Desde entonces, nunca he mencionado lo que me dijo".

"¿Fue muy extraño?"

"Fue extraño, pero también ridículo. Es algo que te hace estremecer y también reír, ambos. Pero no me lo puedes sacar. Estoy segura que si te lo dijera, de inmediato rompería una aguja en mi dedo, y moriría la próxima semana de tétanos".

Me marché y no presioné más a la señorita Deborah, pero cada dos o tres días, después de cenar, venía y me sentaba junto a su silla mecedora. No volví a mencionar al capitán Diamond; me sentaba en silencio, recortando cinta con sus tijeras. Al final, un día, me dijo que me veía mal. Estaba pálido.

"Estoy muriendo de curiosidad", dije, "he perdido el apetito. No he comido nada".

"¡Recuerda la esposa de Barba Azul!", dijo la señorita Deborah.

"¡Uno puede morir tanto por la espada como de hambre!", contesté.

Aún así no dijo nada y al final me levanté con un suspiro melodramático y me marché. Cuando llegaba a la puerta, me llamó y señaló la silla que había desocupado. "Nunca he sido de corazón duro", dijo, "siéntate, y si vamos a perecer, que al menos perezcamos juntos". Entonces, en muy pocas palabras, me comunicó lo que sabía del secreto del capitán Diamond. "Era un anciano de temperamento fuerte y aunque estaba encariñado con su hija, su voluntad era ley. Había escogido un marido para ella y se lo avisó debidamente. La madre de ella había muerto y vivían juntos y solos. La casa había sido la parte de la señora Diamond para el matrimonio; creo que el capitán no tenía un centavo. Después del matrimonio habían venido a vivir aquí, y había empezado a trabajar en la granja. El enamorado de la pobre muchacha era un joven con bigote de Boston. El capitán volvió una noche y los encontró juntos, tomó del cuello al joven y lanzó una terrible maldición a la pobre muchacha. El joven exclamó que ella era su esposa y el padre le preguntó a ella si era cierto. Ella dijo: "¡No!" Por consiguiente, al aumentar la furia del capitán Diamond, repitió su maldición, le ordenó que se marchara de la casa y la repudió para siempre. Ella se desmayó, pero su padre se marchó furioso y la dejó. Varias horas más tarde volvió y encontró la casa vacía. En la mesa estaba una nota del joven en que le decía que había matado a su hija, repitiendo la seguridad de que era su esposa y declarando que reclamaba el derecho exclusivo de entregar sus restos a la tierra. ¡Se había llevado el cuerpo en una calesa! El capitán Diamond le escribió una nota espantosa en respuesta, diciendo que no creía que su hija estuviera muerta, pero que, sin importar si lo estaba o no, estaba muerta para él. Una semana después, en medio de la noche, vio su fantasma. Supongo que fue entonces cuando se convenció. El fantasma reapareció varias veces y finalmente empezó a rondar la casa. Eso causó que el viejo estuviera muy incómodo, poco a poco había desaparecido su pasión y se había entregado al pesar. Al final se decidió a dejar el lugar y trató de venderlo o rentarlo, pero mientras tanto, la historia había salido al exterior: el fantasma había sido visto por otras personas, la casa tenía mala reputación y era imposible deshacerse de ella. Con la granja, era la única propiedad del anciano, y su único medio de subsistencia; si no podía vivir en ella ni rentarla, estaba arruinado. Pero el fantasma no tuvo clemencia, como él no la había tenido. Luchó por seis meses y al último se colapsó. Se puso su antigua capa azul, tomó su bastón y se dispuso a vagar y mendigar los alimentos. Entonces el fantasma cedió y propuso un compromiso. "¡Déjame la casa!", dijo, "he decidido que es mía. Vete y vive en cualquier otro lugar. Pero para permitirte vivir, seré tu inquilina, ya que no puedes encontrar a alguien más. Te rentaré la casa y te pagaré cierto alquiler." El fantasma mencionó la cantidad. ¡El anciano estuvo de acuerdo y va cada trimestre a cobrar la renta!"

Me reí de esta narración pero debo confesar que también me estremecí, ya que mi propia observación la confirmaba exactamente. ¿No había sido testigo de una de las visitas trimestrales del capitán, no lo había visto sentado observar a su inquilina fantasmal contando el dinero de la renta y cuando se alejaba en la oscuridad, no tenía en los pliegues de su capa azul una pequeña bolsa de monedas obtenidas extrañamente? No le comuniqué a la señorita Deborah ninguna de estas reflexiones, ya que estaba determinado a que mis observaciones tuvieran una continuación, ya que me prometí el placer de obsequiarla con mi historia al estar totalmente madura. "¿El capitán Diamond", pregunté, "no tiene otros medios conocidos de subsistencia?"

"Ninguno. No trabaja, tampoco pesca... su fantasma lo mantiene. ¡Una casa embrujada es una valiosa propiedad!"

"¿Y en qué moneda paga el fantasma?"

En buen oro y plata estadounidenses. Sólo tiene esta peculiaridad: las monedas están fechadas antes de la muerte de la joven. ¡Es una mezcla extraña de materia y espíritu!"

"¿Y el fantasma se comporta generosamente, es cuantiosa la renta?"

"Creo que el anciano vive decentemente, tiene su pipa y su copa. Rentó una casa cerca del río, la puerta está pegada a la calle y tiene un pequeño jardín adelante. Ahí pasa los días y tiene una anciana de color para ayudarlo. Hace unos años, solía pasear mucho, era una figura familiar en el pueblo y la mayoría de la gente conocía su leyenda. Pero últimamente se ha encerrado en sí mismo; se sienta ante su chimenea y ya no hay curiosidad por él. Me imagino que está cayendo en la senectud. Pero estoy segura de que no sobrevivirá a sus facultades o poder de locomoción" dijo la señorita Deborah como conclusión, "ya que si lo recuerdo bien, parte del trato es que debía venir en persona a cobrar la renta".

Ninguno de nosotros pareció sufrir algún castigo especial por la indiscreción de la señorita Deborah; la encontré, día tras día, cantando mientras trabajaba, ni más ni menos activa de lo normal. En cuanto a mí, audazmente continué con mis observaciones. Volví a ir, más de una vez, al gran cementerio, pero me desilusioné en la esperanza de encontrar al capitán Diamond ahí. Sin embargo, tenía una esperanza que me servía de compensación. Astutamente deduje que los peregrinajes trimestrales del anciano se llevaban a cabo el último día del trimestre. La primera vez que lo vi fue el 31 de diciembre y era probable que volviera a la casa embrujada el último día de marzo. Ese día ya estaba cercano, y finalmente llegó. Acudí avanzada la tarde a la vieja casa en el cruce de caminos, suponiendo que la hora del crepúsculo era el momento indicado. No me equivoqué, había estado rondando por poco tiempo, sintiéndome casi como un fantasma inquieto, cuando apareció en la misma forma de la vez anterior y con la misma ropa. De nuevo me escondí y lo vi entrar a la casa con el ceremonial que había empleado en la ocasión anterior. Una luz apareció sucesivamente en la hendidura de cada par de persianas y abrí la ventana que había cedido a mis deseos la vez anterior. De nuevo, no vi nada más. El anciano reapareció al fin, hizo su fantástico saludo ante la casa y se alejó en el crepúsculo.

Un día, más de un mes después de esto, lo volví a encontrar en Mount Auburn. El aire estaba lleno con la voz de la primavera; las aves habían vuelto y estaban piando para comunicar su viaje invernal, un viento apacible de oeste murmuraba débilmente entre las plantas. Estaba sentado en una banca al sol, aún embozado en su enorme manto, y me reconoció en cuanto me acerqué a él. Me hizo una seña con la cabeza como si fuera un bajá dando la señal de mi decapitación, pero era evidente que le daba gusto verme.

"Lo he estado buscando más de una vez", dije, "no viene a menudo".

"¿Qué desea de mí?", preguntó.

"Quiero disfrutar de su conversación. La disfruté mucho cuando nos encontramos aquí la vez anterior".

"¿Me encuentra entretenido?"

"¡Interesante!", dije.

"¿No crees que estoy loco?"

"¿Loco?... ¡Estimado señor...!", protesté.

"Soy la persona más cuerda del país. Sé que eso es lo que los dementes dicen siempre, pero por lo general no lo pueden demostrar. ¡Yo puedo!"

"Lo creo", dije, "pero me da curiosidad cómo se puede demostrar algo así".

Se quedó en silencio por un rato.

"Te lo voy a decir. Una vez cometí, sin querer, un gran crimen. Ahora pago el castigo. Le dedico mi vida y no lo rehuyo; lo encaro de frente, sabiendo perfectamente de qué se trata. No he tratado de evadirlo, no he rogado que me liberen. El castigo es terrible, pero lo he aceptado. ¡He sido un filósofo!

"Si fuera católico, me volvería monje y pasaría el resto de mi vida ayunando y rezando. Eso no es castigo, es evasión. Pude haberme volado los sesos, pude volverme loco. No haría nada de eso. Tan sólo enfrentaría el asunto, aceptaría las consecuencias. Como dije, ¡son terribles! Las enfrento en ciertos días, cuatro veces al año. Así ha sido por veinte años; así será mientras viva. Es mi asunto, es mi vocación. Es la forma en que lo siento. ¡A eso llamo razonable!"

"¡Y es de admirar!", dije, "pero me llena de curiosidad y compasión".

"En especial, de curiosidad", dijo, con astucia.

"Bueno", contesté, "si supiera con exactitud lo que sufres, podría compadecerte más".

"Estoy muy agradecido. No quiero tu piedad, no me ayudaría. Te diré algo, pero no es por mi bien, es por el tuyo". Hizo una larga pausa y miró a su alrededor, como si quisiera evitar la posibilidad de oídos indiscretos. Yo esperaba ansiosamente su revelación, pero me desilusionó. "¿Aún estudias teología?", preguntó.

"¡Ah, sí!", contesté, tal vez con un matiz de irritación, "es algo que no puedo aprender en seis meses".

"Me lo imagino, en tanto sólo tengas tus libros. ¿Conoces el proverbio: 'Un grano de experiencia equivale a un kilo de preceptos?' Soy un gran teólogo".

"Has tenido experiencia", murmuré comprensivamente.

"Has leido sobre la inmortalidad del alma, has visto a Jonathan Edwards y al doctor Hopkins argüir falazmente al respecto y decidir, como información exacta, que es verdad. ¡Pero yo lo he visto con estos ojos, lo he tocado con estas manos!" Y el anciano levantó sus viejos puños ásperos y los sacudió portentosamente, "¡es mejor!", continuó, "pero tuve que pagarlo caro. Será mejor que lo entiendas en los libros... es evidente que siempre lo harás así. Eres un joven muy bueno, nunca cargarás con un crimen en tu conciencia".

Contesté con algo de fatuidad juvenil que confiaba en tener mi parte de pasiones humanas, aunque fuera un buen joven y posible Doctor de Divinidad.

"¡Ajá!, pero tienes temperamento tranquilo y calmado", dijo, "también yo lo tengo... ¡ahora! Pero en un tiempo era muy brutal... muy brutal. Deberías saber que existen personas así. Maté a mi propia hija".

"¿Tu hija?"

"La lastimé y la dejé morir. No pudieron colgarme porque no fue con la mano con lo que la golpee. Fue con palabras repugnantes y abominables. Eso hace la diferencia, ¡es una gran ley por la que nos regimos! Bueno, señor, puedo contestar debido a eso que el alma de ella es inmortal. Tenemos una cita para reunirnos cuatro veces al año, ¡y entonces recibo el castigo!"

"¿Nunca te ha perdonado?"

"¡Ella me ha perdonado como perdonan los ángeles! Es lo que no puedo resistir, la forma suave y tranquila con que me ve. Preferiría que retorciera un cuchillo en mi corazón... ¡Dios mío, Dios mío!", y el capitán Diamond inclinó la cabeza sobre su bastón y recargó su frente sobre sus manos cruzadas.

Quedé impresionado y conmovido, su actitud parecía impedir por el momento que hiciera otras preguntas. Antes de que me aventurara a preguntarle algo más, lentamente se levantó y se estiró la capa. No estaba acostumbrado a hablar de sus problemas y sus recuerdos lo abrumaron. "Debo seguir mi camino", dijo, "debo continuar moviéndome lentamente".

"Tal vez te encuentre otra vez aquí", dije.

"¡Ah!, soy un viejo con articulaciones entumidas", contestó, "y este lugar está algo lejos para que venga. Tengo que cuidarme. En ocasiones me he sentado en una silla un mes a fumar mi pipa. Pero me gustaría verte de nuevo". Se detuvo y me vio en forma terrible y bondadosa. "Tal vez algún día me gustaría poder tener a la mano a un alma joven y sin pervertir. Si un hombre puede hacer un amigo, siempre es algo que se gana. ¿Cuál es tu nombre?"

Yo tenía en mi bolsa un pequeño tomo de *Pensamientos* de Pascal, y en la guarda del libro estaban escritos mi nombre y dirección. Lo saqué y se lo ofrecí a mi viejo amigo. "Por favor, quédate con este libro", le dije, "es uno que me gusta mucho, y te dirá algo sobre mí."

Lo tomó y le dio la vuelta con lentitud, entonces me miró con gesto amenazador de gratitud. "No soy un gran lector", dijo, "pero no voy a rechazar el primer regalo que he recibido desde... mis problemas, y el último. ¡Gracias!" Y con el libro en la mano, se marchó.

Por algunas semanas después, me quedé imaginándolo sentado solitario en el sillón con su pipa. No lo vi otra vez, pero estaba esperando mi oportunidad, y el último día de junio, ya había pasado otro trimestre, decidí que ésta había llegado. El crepúsculo vespertino en junio ocurre más tarde y estaba impaciente porque llegara. Al final, hacia el final de un encantador día de verano, volví a visitar la propiedad del capitán Diamond. Ahora todo estaba verde a su alrededor, excepto la huerta enferma de la parte trasera, pero su inmitigable color gris y tristeza eran tan notables como cuando la había visto la primera vez bajo un cielo de diciembre. Mientras me acercaba, me di cuenta que llegaba tarde para mi propósito, ya que éste había sido simplemente acercarme al llegar el capitán Diamond y con valor pedirle que me permitiera ir con él. Se me había anticipado y ya había luz en las ventanas. Por supuesto, no deseaba molestarlo durante su entrevista fantasmal y esperé a que saliera. Las luces desaparecieron al pasar el tiempo, entonces se abrió la puerta y el capitán Diamond salió a hurtadillas. Esa tarde no hizo una reverencia a la casa embrujada, ya que lo primero que observó fue a su joven amigo de mente sensata parado, en forma modesta pero firme, cerca de la puerta. Se detuvo de inmediato, mirándome, y esta vez su terrible gesto estaba en consonancia con la situación.

"Sabía que estabas aquí", dije, "vine a propósito".

Parecía desanimado y miró hacia la casa con inquietud.

"Te pido perdón si me aventuré demasiado", añadí, "pero sabes que me has alentado".

"¿Cómo supiste que estaba aquí?"

"Lo deduje. Me contaste la mitad de la historia y adiviné la otra mitad. Soy un gran observador y había notado esta casa de pasada. Me parecía que contenía un misterio. Cuando amablemente me confiaste que veías espíritus, no me quedó duda que fue aquí donde los viste".

"Eres muy ingenioso", exclamó el anciano, "Y, ¿qué te trajo aquí esta noche?"

Me vi obligado a evadir la pregunta.

"Vengo a menudo; me gusta ver la casa... me fascina".

Se dio la vuelta y también la miró. "No es nada especial desde el exterior." Era evidente que no se daba cuenta del peculiar aspecto externo, y este hecho extraño, que se me comunicó así en el crepúsculo y ante la fachada de la siniestra morada, parecía hacer más real su visión de sucesos extraños en el interior.

"He estado esperando", dije, "una oportunidad para ver el interior. Pensé que te podría encontrar aquí y que me dejarías entrar contigo. Quiero ver lo que ves".

Parecía confuso por mi intrepidez, pero no del todo disgustado. Puso su mano en mi brazo. "¿Sabes qué veo?", preguntó.

"¿Cómo podría saberlo, excepto, como dijiste el otro día, por experiencia? Quiero tener la experiencia. Te lo ruego, abre la puerta y llévame adentro".

Los brillantes ojos del capitán Diamond se dilataron bajo las cejas oscuras y después de retener el aliento por un momento, se permitió el primer y último sustituto de una risa con la que se torció su solemne rostro. Fue profundamente grotesco pero en total silencio. "¿Llevarte adentro?", refunfuñó con suavidad, "no entraría de nuevo antes de que se termine mi tiempo ni por mil veces esta suma". Sacó la mano de los pliegues de su capa y mostró un pequeño montón de monedas, anudadas en el extremo de un pañuelo de seda. "Me adhiero a mi convenio y vengo todas las veces necesarias, ¡pero ni una más!"

"Pero me dijiste la primera vez que tuve el placer de hablar contigo que no era tan terrible".

"No digo que sea terrible... ahora. ¡Pero es muy desagradable!"

Lanzó este adjetivo con tal fuerza que me hizo dudar y reflexionar. Mientras lo hacía, pensé haber escuchado un leve movimiento de una de las persianas sobre nosotros. Miré hacia arriba pero todo parecía inmóvil. El capitán Diamond también había estado pensando; de repente se dio la vuelta hacia la casa. "Si entras solo", dijo, "eres bienvenido".

"¿Me esperarás aquí?"

"Sí, no te quedarás mucho".

"Pero la casa está muy oscura. Cuando entras, tienes luces".

Metió la mano en las profundidades de su capa y produjo algunos cerillos. "Toma éstos", dijo, "encontrarás dos candeleros con velas en la mesa del vestíbulo. Préndelas, toma una en cada mano y sigue adelante".

"¿Adónde debo ir?"

"A cualquier lado, a todas partes. Puedes confiar en que el fantasma te encontrará".

No tengo la intención de negar que para este momento, mi corazón latía con fuerza. Y sin embargo, me imagino que le hice al anciano un gesto con suficiente dignidad para que abriera la puerta. Había decidido que existía un fantasma, había concedido esta premisa. Sólo me había asegurado que una vez que la mente estaba preparada, y el tema no era una sorpresa, era posible conservar la serenidad. El capitán Diamond dio la vuelta a la llave, abrió la puerta y me hizo una profunda reverencia mientras pasaba y entraba. Me detuve en la oscuridad y escuché la puerta cerrarse tras de mí. Por un momento, no moví ni un dedo; observé valientemente la oscuridad impenetrable. Pero no vi ni escuché nada y al final encendí un cerillo. En la mesa se encontraban dos candelabros oxidados por la falta de uso. Encendí las velas y empecé mi viaje de exploración.

Una amplia escalera se encontraba frente a mí, protegida por una antigua balaustrada tallada con esa rígida delicadeza que se encuentra con tanta frecuencia en casas antiguas de Nueva Inglaterra. Dejé la subida para después y me dirigí a la habitación a mi derecha. Era un salón anticuado escasamente amueblado y mohoso por la ausencia de vida humana. Levanté mis dos luces y no vi nada sino sillas vacías y paredes desnudas. Detrás de mí estaba la habitación que había visto a escondidas desde afuera y que de hecho, se comunicaba con ella, como había supuesto, por puertas plegables. Aquí tampoco me encontré frente a un espectro amenazador. Cruce el vestíbulo de nuevo y visité las habitaciones del otro lado; un comedor enfrente, donde podía haber escrito mi nombre en la espesa capa de polvo de la gran mesa cuadrada; una cocina detrás con sus ollas y sartenes eternamente fríos. Todo esto era difícil y siniestro, pero no era formidable. Regresé al vestíbulo y caminé hacia el inicio de la escalera, levantando las velas; ascender requería de un esfuerzo nuevo y estaba revisando las tinieblas de arriba. De repente, con una sensación imposible de expresar, me di cuenta que esa oscuridad estaba animada, parecía moverse y concentrarse. Con lentitud (digo con lentitud ya que para mi tensa expectativa los segundos parecían siglos) tomó la forma de una figura definida y grande, la cual avanzó y se detuvo en la parte de arriba de las escaleras. Confieso con franqueza que para este momento me daba cuenta de una sensación a la que me veo obligado a aplicar el vulgar nombre de miedo. Puedo darle un carácter poético y llamarla Terror, con mayúsculas, como sea, era la sensación que hace que un hombre se haga para atrás. La medí mientras crecía y parecía perfectamente irresistible, ya que no parecía provenir del interior sino de fuera, y estar personificada en la oscura imagen en el inicio de las escaleras. De alguna forma razoné... recuerdo haber razonado. Me dije: "Siempre pensé que los fantasmas eran blancos y transparentes; esto es algo formado de sombras espesas, densamente opaco". Me recordé que la ocasión era trascendental y que si el miedo me iba a vencer, debía reunir todas las impresiones posibles mientras seguía cuerdo. Caminé hacia atrás, paso tras paso, con los ojos aún en la figura y puse mis velas en la mesa. Era totalmente consciente que lo apropiado era ascender las escaleras con resolución, cara a cara con la imagen, pero las suelas de mis zapatos parecían haberse convertido de repente en pesas de plomo. Tenía lo que había buscado, estaba viendo a un fantasma. Traté de mirar la figura con claridad para poder recordarla y afirmar con justicia, después, que no perdí el autocontrol. Incluso me pregunté cuánto tiempo se esperaría que durara viendo y qué tan pronto sería honorable retirarme. Por supuesto, todo esto pasó por mi mente con extrema rapidez y lo detuvo un movimiento más de la figura. Aparecieron dos manos blancas en la masa oscura perpendicular y lentamente se elevaron a lo que parecía ser el nivel de la cabeza. Allí presionaron juntas, sobre la región de la cara, y entonces se retiraron, mostrando la cara. Era opaca, blanca, extraña, fantasmal en todos los sentidos. Me miró hacia abajo por un instante, después de lo cual se elevó de nuevo una de las manos, con lentitud, y se agitó de un lado al otro ante el fantasma. Había algo muy singular en este gesto; parecía significar resentimiento y que me marchara, y sin embargo tenía un tipo de movimiento trivial y familiar. La familiaridad de parte de la inquietante Presencia no había entrado en mis cálculos y no me pareció agradable. Estuve de acuerdo con el capitán Diamond en que era "muy desagradable". Me llenó el intenso deseo de hacer una salida ordenada y si era posible, elegante. Deseaba hacerlo en forma galante y me pareció que sería galante apagar las velas. Me di la vuelta y las apagué, meticulosamente, y entonces me dirigí a la puerta, la tenté un poco y la abrí. La luz externa, a pesar de haber desaparecido casi por completo, entró por un momento, jugó por los polvorientos rincones de la casa y me mostró la sombra sólida.

Parado en el pasto, encorvado sobre su bastón y bajo las luces de las primeras estrellas que brillaban, encontré al capitán Diamond. Me miró fijamente por un momento, pero no hizo preguntas, luego fue a cerrar la puerta. Al llevar a cabo esta obligación, saldó la otra (hizo su reverencia como el sacerdote ante el altar) y entonces, sin prestarme más atención, se marchó.

Unos cuantos días después, interrumpí mis estudios y me marché durante las vacaciones de verano. Estuve ausente por varias semanas, durante las cuales tuve mucho tiempo libre para analizar mis impresiones de lo sobrenatural. Me produjo mucha satisfacción el reflexionar que no me había aterrado vilmente; no había huido ni me había desmayado... había procedido con dignidad.

Sin embargo, estuve más cómodo en cuanto puse 50 kilómetros entre la escena de mis hazañas y yo, y seguí prefiriendo por muchos días la luz del día a la oscuridad. Mis nervios se habían excitado poderosamente, de lo que me di cuenta en particular cuando, al estar bajo la influencia del aire adormecedor del mar, la emoción empezó a menguar. Mientras desaparecía, traté de adoptar un punto de vista severamente racional de mi experiencia. Era seguro que había visto algo... no había sido imaginación; pero, ¿qué había visto? Lamentaba enormemente que no hubiera sido más audaz, que no me hubiera acercado e inspeccionado la aparición con mayor detalle. Pero era fácil decirlo, había llevado a cabo lo mismo que cualquier hombre se hubiera atrevido; en verdad era una imposibilidad física que hubiera avanzado. ¿No fue una parálisis de mis poderes en sí una influencia sobrenatural? Tal vez no, ya que un fantasma falso que uno aceptara podría hacer lo mismo que un fantasma real. Pero, ¿por qué había aceptado con tanta facilidad el fantasma negro azabache que agitaba la mano? ¿Por qué me había impresionado tanto? No había duda que, verdadero o falso, era un fantasma muy hábil. Prefería mucho que fuera verdadero, en primer lugar porque no me importa haberme estremecido y temblado por nada, y en segundo lugar porque haber visto un duende bien autenticado es, como está todo, un logro para un hombre tranquilo. Por consiguiente, traté que mi vista descansara y dejar de pensar en eso. Pero un impulso más fuerte que mi voluntad reaparecía a intervalos y ponía una pregunta burlona en mis labios. Concedía que la aparición era la hija del capitán Diamond; si era ella, por supuesto que era su alma. Pero ¿no era su espíritu y algo más?

A mediados de septiembre me volví a establecer entre los temas teológicos pero no me apresuré a volver a visitar la casa frecuentada por fantasmas.

Se acercaba el final del mes (el término de otro trimestre para el pobre capitán Diamond) y no estuve dispuesto a trastornar su peregrinaje en esta ocasión; aunque confieso haber pensado con mucha compasión en el débil anciano caminando penosamente, solitario, en el crepúsculo otoñal, en su extraordinaria misión. En el trigésimo día de septiembre, al mediodía, estaba adormilándome sobre un pesado libro, cuando escuché un débil golpe en mi puerta. Contesté con una invitación a entrar, pero como esto no produjo efecto, me dirigí a la puerta y la abrí. Ante mí estaba una negra de edad avanzada con un turbante escarlata en la cabeza y un pañuelo blanco doblado a lo largo de su pecho. Me miró resueltamente y en silencio; tenía el aire de suprema gravedad y decencia que se encuentra con mucha frecuencia entre las personas de edad avanzada de su raza. Me mantuve esperando en forma interrogadora, y al final, sacando la mano de su amplia bolsa, sacó un pequeño libro. Era el ejemplar de *Pensamientos* de Pascal que le había dado al capitán Diamond.

"Por favor, señor", dijo, con mucha suavidad, "¿conoce este libro?"

"Perfectamente", dije, "mi nombre está en la guarda".

"¿Es su nombre... no de otro?"

"Escribiré mi nombre si lo deseas, y los podrás comparar", contesté.

Se quedó en silencio un momento y después dijo con dignidad: "Sería inútil señor, no puedo leer. Si me da su palabra, será suficiente. Vengo", continuó, " de parte del caballero al que diste el libro. Me dijo que lo trajera como símbolo... como símbolo... así lo llamó. Está enfermo en cama y desea verte".

"El capitán Diamond... ¿enfermo?", exclamé, "¿es grave la enfermedad?"

"Está muy mal... muy enfermo".

Expresé mi pesar y compasión y me ofrecí a ir de inmediato si su mensajera negra me mostraba el camino. Ella asintió respetuosamente y en unos minutos la seguía por las calles soleadas, sintiéndome en gran medida como un personaje de las Mil y Una Noches, conducido a una puerta trasera por una esclava etíope. Mi propia conductora dirigió sus pasos hacia el río y se detuvo ante una decente casa amarilla en una de las calles que descienden a él. Rápidamente abrió la puerta y me condujo al interior, muy pronto me encontré en presencia de mi antiguo amigo. Estaba en cama, en una habitación oscurecida, y era evidente que muy enfermo. Estaba recostado en su almohada mirando fijamente hacia el frente, con el cabello erizado más erguido que nunca y sus ojos intensamente oscuros y brillantes tenían un lustre de fiebre. Su apartamento era humilde y estaba escrupulosamente ordenado y pude ver que mi guía de color era una sirviente fiel. El capitán Diamond, recostado ahí rígido y pálido en las sábanas blancas, parecía una figura tallada toscamente en la tapa de una tumba gótica. Me miró en silencio y mi acompañante se retiró y nos dejó solos.

"Sí, eres tú", dijo, al final, "eres tú, el buen joven. No hay error, ¿o sí?"

"Espero que no; creo que soy un buen joven. Pero siento mucho que estés enfermo. ¿Qué puedo hacer por ti?"

"Estoy muy mal, muy mal; ¡me duelen mucho mis pobres huesos!", y gimiendo portentosamente, trató de voltearse hacia mí.

Le pregunté la naturaleza de su enfermedad y el tiempo que había estado en cama, pero apenas me prestó atención; parecía impaciente por hablar de algo distinto. Sujetó mi manga, me jaló hacia él y murmuró rápidamente:

"¡Sabes que ha llegado mi hora!"

"Espero que no", dije, confundiendo su significado, "es seguro que te volveré a ver de pie".

"¡Sólo Dios lo sabe!", exclamó, "pero no me refiero a que esté muriendo; aún no por un largo tiempo. Lo que quiero decir es que debo ir a la casa. Es día de renta".

"¡Ah, exacto! Pero no puedes ir".

"No puedo ir. Es terrible. Voy a perder mi dinero. Si estoy muriendo, de todos modos lo quiero. Deseo pagar al médico. Quiero que me entierren como un hombre respetable".

"¿Es esta tarde?"

"Esta noche, con la puesta del sol, exactamente".

Se quedó mirándome, y yo lo vi a mi vez, de repente comprendí el motivo de que enviara por mí. Moralmente, al tener el pensamiento, hice una mueca de dolor. Pero, supongo, parecí imperturbable, ya que continuó en el mismo tono. "No puedo perder mi dinero. Alguien debe ir. Se lo pedí a Belinda, pero no quiso ni escuchar hablar de eso".

"¿Crees que le pagará el dinero a otra persona?"

"Al menos, podemos intentarlo. Nunca había fallado antes y no lo sé. Pero, si dices que estoy muy enfermo, que me duelen los huesos, que estoy muriendo, tal vez confíe en ti. ¡No quiere que muera de hambre!"

"Entonces, ¿deseas que vaya en tu lugar?"

"Has estado ahí una vez; sabes qué es. ¿Tienes miedo?"

Vacilé.

"Dame tres minutos para reflexionar", dije, "y te contestaré". Mi mirada vagó por la habitación y se detuvo en diversos objetos que hablaban de la pobreza raída y decente de su ocupante. Parecían ser una muda súplica a mi piedad y mi resolución en su escasez raída y descolorida. Mientras tanto, el capitán Diamond continuó, débilmente:

"Creo que ella te tendrá confianza, como yo he confiando en ti; le gustará tu cara, se asegurará que no sufras ningún mal. Son exactamente ciento treinta y tres dólares. Asegúrate de ponerlos en un lugar seguro".

"Sí", dije por fin, "iré, y en lo que depende de mí, tendrás tu dinero a las nueve, esta noche".

Parecía muy aliviado, tomó mi mano y lánguidamente la presionó; poco después me marché. Traté de no pensar en la actividad de la tarde durante el resto del día, pero, por supuesto, no pensé en nada más. No voy a negar que estaba nervioso; de hecho, estaba muy emocionado, y pasaba el tiempo esperando que el misterio resultara ser menos profundo de lo que parecía y sin embargo, temiendo que resultara demasiado superficial. Las horas pasaron con mucha lentitud, pero, conforme la tarde empezaba a declinar, me puse en marcha para cumplir mi misión. En el camino, me detuve en la modesta vivienda de capitán Diamond para preguntar cómo estaba y recibir las últimas instrucciones que deseara darme. La vieja negra, grave e inescrutablemente plácida, me admitió y en respuesta a mis preguntas, dijo que el capitán estaba muy mal; que había empeorado desde la mañana.

"Debes ser muy rápido", dijo, "si deseas volver antes de que muera".

Un vistazo me confirmó que sabía de la expedición que había proyectado, aunque en sus opacas pupilas negras no había ningún destello que la traicionara.

"Pero, ¿por qué debía morir el capitán Diamond?", pregunté, "es verdad que parece débil, pero no puedo convencerme de que sea una enfermedad definitiva".

"Su enfermedad es la vejez", sentenció.

"Pero no es tan viejo, sesenta y siete o sesenta y ocho, a lo más."

Ella se quedó silenciosa por un momento.

"Está desgastado, agotado, ya no puede soportarlo más".

"¿Puedo verlo un momento?", pregunté, con lo que ella me guió de nuevo a la habitación.

Estaba recostado en la misma forma en que lo dejé, con excepción de que sus ojos estaban cerrados. Pero parecía muy enfermo como ella había dicho y tenía muy poco pulso. Sin embargo, también me enteré que el médico había estado ahí en la tarde y dicho que estaba satisfecho. "No sabe lo que ha estado sucediendo", contestó Belinda, lacónicamente.

El anciano se estremeció un poco, abrió los ojos y después de un rato, me reconoció.

"Voy a ir, como ya sabes", dije, "voy por tu dinero. ¿Tienes algo más qué decir?" Se levantó lentamente y con un doloroso esfuerzo, recargándose en las almohadas; pero parecía no comprenderme bien. "Ya sabes, la casa", dije, "tu hija".

Se frotó la frente, con lentitud, por un momento, y por fin, se avivó su comprensión. "¡Ah, sí!", murmuró, "confío en ti. Ciento treinta y tres dólares. En monedas antiguas... todo en monedas antiguas". Entonces añadió con más vigor y con ojos brillantes: "Sé muy respetuoso... sé muy cortés. Si no... si no...", y la voz le falló de nuevo.

"Por supuesto que lo seré", dije, con una sonrisa algo forzada. "Pero, ¿y si no?"

"Si no lo eres, ¡lo sabré!", dijo, con mucha gravedad. Y con esto, se cerraron sus ojos y se hundió en sí mismo de nuevo.

Partí y continué mi viaje con paso bastante resuelto. Cuando llegué a la casa, hice una reverencia propiciadora enfrente, imitando al capitán Diamond. Había sincronizado mi paso para que pudiera entrar sin retraso; ya había caído la noche. Di la vuelta a la llave, abrí la puerta y la cerré detrás de mí. Entonces encendí una luz y encontré los dos candeleros que había usado antes, erguidos en las mesas de la entrada. Les acerqué un cerillo a ambos, los levanté y entré en la sala, y aunque esperé un rato, continuó vacía. Entonces pasé a las otras habitaciones del mismo piso y ninguna imagen oscura se elevó ante mí para detener mis pasos. Al final, volví al vestíbulo de nuevo, y me detuve a sopesar la cuestión de subir al piso de arriba. La escalera había sido el escenario de mi incomodidad antes, y me acerqué con profunda desconfianza. En el arranque de las escaleras, hice una pausa, mirando hacia arriba, con la mano en la balaustrada. Tenía una expectación muy aguda y estaba justificada. Lentamente, en la oscuridad de arriba, tomó forma la figura negra que había visto antes. No era una ilusión, era una figura, y la misma. Le di tiempo para que se definiera, y la observé estar de pie y mirar hacia abajo, a mí, con su cara oculta. Entonces, deliberadamente levanté la voz y hablé.

"He venido en lugar del capitán Diamond, a petición suya", dije, "está muy enfermo, no puede dejar la cama. De todo corazón te ruega que me pagues el dinero a mí; se lo llevaré de inmediato". La figura se mantuvo inmóvil, sin dar señal alguna. "El capitán Diamond hubiera venido si pudiera moverse", añadí un instante después, como súplica, "pero le es imposible".

Al decir esto, la figura se quitó el velo de la cara lentamente y me mostró una máscara indistinta, blanca; entonces empezó a descender las escaleras. Instintivamente, retrocedí a la puerta del comedor del frente. Con los ojos aún fijos en ella, me movía hacia atrás cruzando el umbral; entonces me detuve en el centro de la habitación y deposité mis luces. La figura avanzó, parecía ser la de una mujer alta, vestida con crespón negro. Mientras se acercaba, vi que tenía una cara perfectamente humana, aunque parecía extremadamente pálida y triste. Nos quedamos mirando; mi agitación había desaparecido por completo; sólo estaba profundamente interesado.

"¿Está mi padre peligrosamente enfermo?", dijo la aparición.

Al escuchar el sonido de su voz (suave, trémula y perfectamente humana) me acerqué; sentía un aumento de la emoción. Inspiré profundamente y lancé algo parecido a una exclamación, ya que lo que vi ante mí no era un espíritu sin cuerpo, sino una mujer hermosa, una audaz actriz. En forma instintiva e irresistible, por la fuerza de la reacción a mi credulidad, estiré la mano y tomé el largo velo que ocultaba su cabeza. Le di un jalón violento, casi se lo quité y me quedé mirando a una persona grande y hermosa, de unos treinta y cinco años de edad. La vi toda de un vistazo; su largo vestido negro, su cara pálida, llena de pesar, pintada para parecer más pálida, sus ojos muy hermosos (del color de los de su padre) y su sensación de ultraje por mi movimiento.

"¡Supongo que mi padre", exclamó, "no te envió para insultarme!", y se alejó rápidamente, tomó una de las velas y se dirigió a la puerta. Ahí hizo una pausa, me miró de nuevo, vaciló, y entonces extrajo una bolsa y la arrojó al piso. "¡Ahí está tu dinero!", dijo majestuosamente.

Me quedé ahí, vacilando entre el asombro y la vergüenza, y la vi salir al vestíbulo. Entonces recogí la bolsa. A continuación escuché un fuerte chillido y el golpe de algo que caía y volvió a la habitación tambaleándose sin la luz.

"¡Mi padre... mi padre!", exclamó, y con los labios abiertos y los ojos dilatados, se me acercó a la carrera.

"¿Tu padre... dónde?", le pregunté.

"En el vestíbulo, en el arranque de las escaleras".

Me dispuse a salir, pero me tomó del brazo.

"Está de blanco", exclamó, "en camisa. ¡No es él!"

"Pero... tu padre está en su casa, en cama, muy enfermo", contesté.

Me miró fijamente, con mirada escrutadora.

"¿Muriendo?"

"Espero que no", tartamudee.

Lanzó un largo gemido y se cubrió la cara con las manos.

"¡Cielos, vi su fantasma!", exclamó.

Aún me detenía por el brazo, parecía demasiado aterrada para soltarlo. "¡Su fantasma!", exclamé, haciendo eco a sus palabras.

"¡Es mi castigo por mi necedad de tanto tiempo!", continuó.

"¡Ah!", dije, "¡es el castigo por mi indiscreción... por mi violencia!

"¡Sácame de aquí, sácame de aquí!", exclamó, aún aferrada a mi brazo. "No por ahí", dijo mientras me daba la vuelta hacia el vestíbulo y la puerta del frente, "no por ahí, ¡por Dios! Por esta puerta... la entrada de atrás." Y tomando la otra vela de la mesa, me llevó, cruzando el cuarto de junto, hacia la parte de atrás de la casa. Aquí se encontraba una puerta que daba a un tipo de trascocina que salía al huerto. Di la vuelta a la cerradura oxidada, salí y me paré en el aire fresco, bajo las estrellas. Aquí mi acompañante se acomodó la ropa y se detuvo por un momento, dudando. Yo estaba infinitamente conmovido, pero predominaba mi curiosidad respecto a ella. Agitada, pálida, pintoresca, se veía muy hermosa en la luz del inicio de la noche.

"Has estado jugando todos estos años un juego de lo más extraordinario", exclamé.

Me miró lúgubremente y pareció poco dispuesta a contestar. "Yo vine con toda buena fe", continué, "la última vez... hace tres meses... ¿lo recuerdas?... me asustaste mucho".

"Por supuesto que era un juego extraordinario", contestó al fin, "pero era la única forma".

"¿No te hubiera perdonado?"

"Sí, mientras pensara que yo estaba muerta. Ha habido sucesos en mi vida que no podría perdonar".

Vacilé un momento y luego pregunté: "¿Y dónde está tu marido?"

Hizo un gesto que me impidió hacer más preguntas y se alejó rápidamente. Caminé con ella alrededor de la casa, hasta el camino y continuó murmurando: "¡Era él... era él!" Cuando llegamos al camino se detuvo y me preguntó en qué dirección iba. Señalé el camino por el que había venido y dijo: "Tomaré el otro. ¿Vas a ir a casa de mi padre?", añadió.

"Directamente", dije.

"¿Me dejarás saber mañana qué encuentras?"

"Con gusto. Pero, ¿cómo me comunicaré contigo?"

Pareció no encontrar qué decir y miró a su alrededor. "Escribe unas líneas", dijo, "y ponlas bajo esa piedra." Y señaló una de las losas de lava que rodeaban el viejo pozo. Le prometí hacerlo y ella se alejó. "Conozco el camino", dijo, "todo está arreglado. Es una vieja historia".

Me dejó con paso rápido y mientras se alejaba en la oscuridad, recuperó, gracias a las líneas oscuras y fluidas de su ropa, la apariencia fantasmal con que había aparecido por primera vez ante mí. La vi hasta que desapareció y entonces me marché del lugar. Volví al pueblo con paso oscilante y me dirigí directamente a la pequeña casa amarilla cerca del río. Me permití la libertad de entrar sin tocar y, al no encontrar interrupciones, me dirigí al cuarto del capitán Diamond. Fuera de la puerta, en una banca baja, con los brazos cruzados, estaba sentada la negra Belinda.

"¿Cómo está?", pregunté.

"Se ha marchado al cielo".

"¿Muerto?", exclamé.

Se levantó con algo que parecía una trágica risa ahogada.

"¡Ahora es un fantasma como cualquier otro!"

Entré a la habitación y encontré al anciano irredimiblemente rígido e inmóvil. Escribí esa noche unas cuantas líneas que decidí poner en la mañana bajo la piedra, cerca del pozo; pero mi promesa no estaba destinada a cumplirse. Dormí esa noche muy mal (era natural) y en mi inquietud, dejé la cama para recorrer el cuarto. Mientras lo hacía, vi de reojo, al pasar por la ventana, un brillo rojo en el cielo del noroeste. Una casa se estaba incendiando en el campo, y era evidente que ardía rápido. Se encontraba en la misma dirección de la escena de mis aventuras vespertinas y mientras observaba el horizonte rojizo, me sorprendió un recuerdo claro. Había apagado la vela que me iluminó, junto con mi acompañante, a la puerta por la que escapamos, pero no podía decir qué había sucedido con la otra luz que ella había llevado al vestíbulo y tirado (a saber dónde) por su terror. Al día siguiente, salí con la carta doblada y me dirigí al familiar cruce de caminos. La casa embrujada era una masa de vigas carbonizadas y cenizas humeantes; los pocos vecinos que habían tenido la audacia de enfrentar lo que debían considerar un incendio iniciado por demonios habían arrancado la cubierta del pozo al buscar agua, desplazando por completo las piedras sueltas y la tierra estaba pisoteada formando charcos.

TÍTULOS DE ESTA COLECCIÓN